竹野一雄

キリスト教弁証家C・S・ルイスの遺産

か

キリスト教弁証家C・S・ルイスの遺産

目　次

第二章　C・S・ルイスの信仰論Ⅰ

第三章　C・S・ルイスの信仰論Ⅱ

第四章　〈まじりけのないキリスト教〉と異なる諸見解

第九章　C・S・ルイスに見る地獄

第十章　キリスト教界内のC・S・ルイスの批判対象

キリスト教弁証家C・S・ルイスの遺産

序　ウェストミンスターのC・S・ルイスの記念碑

一一月二二日はC・S・ルイス（Clive Staples Lewis, 1898-1963）[1]の命日である。二〇一三年一一月二二日はルイス没後五〇年目にあたり、この日、ウェストミンスター大修道院においてルイスの特別記念礼拝と記念碑の除幕式が挙行された。この日に、C・S・ルイスは、シェイクスピア、ベン・ジョンソン、ディケンズ、ハーディ、H・ジェイムズ、T・S・エリオットなど名高い詩人・作家たちと肩を並べるという栄誉を授けられたのである。

ウェブサイト"Poets Corner – Westminster Abbey"にアクセスすれば、〈ポエッツ・コーナー〉にだれがいつ頃に埋葬されたか、だれの記念碑が据えられたかについての正確な情報が得られる。その情報によると、ここには主としてイギリスの文学者、科学者、技師、戦士たちなどが埋葬されており、数多くの記念碑がある。ここに埋葬されている文学者は、チョーサーを初めとして、スペンサー、ドライデン、ジョンソン博士、R・ブラウニング、ハーディ、テニスンなどであり、記念碑等があるのは、詩人のミルトン、キーツ、シェリー、バイロン、ブレイク、ワーズワス、G・M・ホプキンズ、T・S・エリオットなど、そして作家のバトラー、オースティン、ゴールドスミス、ウォルター・スコット、ブロンテ三姉妹、サッカレイ、G・エリオットなどである。近年に記念碑が据えられたのはエリザベス・ギャスケル（二〇一〇年九月二五日）、桂冠詩人のテッド・

ヒューズ（二〇一一年一二月六日）などである。

なお、一九九八年に、この大修道院の西正面入り口の両側には二〇世紀の殉教者たちとして、コルベ神父、ボンヘッファー、キング牧師など十名の彫像が据え付けられてあることを知る人々も少なくないであろう。

C・S・ルイスは一八九八年一一月二九日、ベルファスト近郊のダンデラ・アベニューにあった二軒続きの住宅の一方の家で生まれた。ウェールズ系の父アルバート・ジェイムズ・ルイスは事務弁護士、ノルマン騎士の血を受け継ぐ母フローレンス・オーガスタ・ハミルトンは聖マルコ教会の牧師の娘でクイーンズ・コレッジにおいて優秀な成績を収めた才媛であった。ルイスはこの教会で一八九九年一月二九日に祖父により幼児洗礼を受けた。彼には生涯の友であった三歳年長の兄ウォレンがいた。生家は一九五二年に取り壊されたが、当時の子供部屋から見えたカースルレイ丘陵の低い山並みは幼いルイスにとって〈憧れ〉の原体験となった。ルイス六歳のとき一家は郊外の現存する〈草原の小さな家〉（Little Lea）に引っ越した。アイルランドでの長雨の日々、ルイス（通称ジャック）は〈衣服を着た動物〉の絵を描き、兄のウォレンと想像の国に遊び、ボクセン国の歴史と冒険物語に発展する最初の物語をすでに書き始めていた。両親が本好きで、家中に本が溢れていた。兄が寄宿学校に行くと、ルイスはますます本の世界に没入し想像世界に沈潜していった。九歳の時に母が癌で死亡。ルイス兄弟は共に深い痛手を受けたが、父親もその打撃から回復することができず、それを機に父親との関係も次第に疎遠となり、兄弟の絆は深まっていった。母の死の一ヶ月後に兄と同じ寄宿学校に入るが、校長が精神病者と診断され、二年後にウィニアード校は廃校となった。ルイスは十一歳から十五歳まで三つの学校に通ったが、学校教育には馴染めなかった。

一九一四年九月、父の恩師T・カークパトリックの家に住み込んで個人指導を受け、オックスフォード大学入学の準備を始める。彼はルイスにギリシア・ラテンの古典を原語で理解できるように訓練するとともに、批評の仕方、論理的に思考し、話し、書くことを教えた。ルイスは三年間に及ぶ薫陶を受け、一九一七年ユニヴァーシティー・コレッジに入学するが、この頃にはすでにキリスト教を離れ、公然と無神論を唱えた。哲学、古典文学、英語・英文学の優等試験で第一級を取って一九二四年に同コレッジの哲学講師となった。翌年モードリン・コレッジのフェローに選出され、そこで英語・英文学を教え、以後一九五四年にケンブリッジ大学モードリン・コレッジの中世・ルネサンス講座初代教授となるまで、オックスフォード大学でフェローとして研究と教育に従事しながら、学問的著作とともにSF三部作や神学的ファンタジーを発表していった。

ルイスの人生に大きな変化が起きたのはオックスフォードにおいてであった。その一つは奇妙な共同生活である。ルームメイトのパディー・ムーアが第一次大戦で戦死したため、生き残った者は相手の家族の面倒をみるとの口約束に基づいて、ルイスはパディーの母と娘を物心両面で助け、一九二四年、彼らは共同生活を始めることとなる。一九三〇年、ルイスはムーア母娘と郊外の〈キルンズ〉に転居し、やがて兄ウォーニーも加わり、ムーア夫人がホームに入る一九四八年まで共同生活は続いた。

もう一つの重大な出来事はルイスの回心である。無神論を標榜していた一七歳のころに読んだジョージ・マクドナルドの『ファンタステス』（*Phantastes*, 1858）やその後に知ったG・K・チェスタトンの『永遠の人』（*The Everlasting Man*, 1925）により、ルイスの精神的覚醒は徐々に準備されていたが、彼の回心に決定的な影響を与えることになるJ・R・R・トルキーンやヒューゴ・ダイソンなどに出会ったのもオックスフォードの地においてであった。彼らとの交流をとおして、ルイスの心の中で交差していた理性と直感の二つの道が出会い、ルイスは、異教神話の神々の受肉―死―復活を、歴史において成就する真のキリストの予兆と認識し、キリストの受肉を「神話が事実となった」出来事と捉えて、一九三一年にイエス・キリストを受肉した神であると受け入れたのである。

ルイスは若き日に『捕らわれの魂』（*Spirits in Bondage*, 1919）や『ダイマー』（*Dymer*, 1926）などを公刊して詩人として出発し、その後も詩を書き続けたが、ルイスの主要な著作はすべて一九三三年以後に出版されている。そのことは彼が一九三一年にキリスト教へ回帰したことと無関係ではないであろう。自伝的アレゴリー『天路逆程』（*The Pilgrim's Regress*, 1933）から遺作『マルカムへの手紙』（*Letters to Malcolm*, 1963）までの三〇年間に書かれたルイスの著作は多彩であるが、そのすべてにキリスト教的世界観が基盤としてある。

ルイスの著作活動は三分野に大別できるであろう。学者・批評家として、『愛のアレゴリー』（*The Allegory of Love*, 1936）、『「失楽園」研究序説』（*A Preface to "Paradise Lost"*, 1942）、『一六世紀英文学史――劇を除く』（*English Literature in the Sixteenth Century――Excluding Drama*, 1954）、『廃棄されたイメージ』（*The Discarded Image*, 1964）、『批評における一つの実験』（*An Experiment in Criticism*, 1961）などを著し、物語作家として宇宙三部作『沈黙の惑星を離れて』（*Out of the Silent Planet*, 1938）、『ペレランドラ』（*Perelandra*, 1943）、『かの忌まわしき力』（*That Hide- ous Strength*, 1945）、『ナルニア国年代記物語』、『顔を持つまで』（*Till We Have Faces*, 1956）を創作し、また、キリスト教弁証家として『痛みの問題』（*The Problem of Pain*, 1940）、『悪魔の手紙』（*The Screwtape Letters*, 1942）、『天国と地獄の離婚』（*The Great Divorce*, 1946）『奇跡論』（*Miracles*, 1947）、『キリスト教の精髄』（*Mere Christianity*, 1952）、『四つの愛』（*The Four Loves*, 1960）などを著した。

ルイスの名が英国民の間で広く知られるようになったのは、ＢＢＣのラジオ講演の活躍が大きかったが、さらに、一九四一年二月から一一月にかけて《ガーディアン》紙に掲載された三一通の手紙による。翌一九四二年、それは『悪魔の手紙』（*The Screwtape Letters*）として出版された。この本が米国で出版されると、たちまちベストセラーになり、米国においてルイスの名声は確立した。その頃までに多数の読者がルイスに手紙を書いてよこしていたが、ルイスの著作の影響を受けてユダヤ教からキリスト教に改宗した米国人女性ジョイ・ディヴィッドマン・グレシャムから一九五〇年一月二〇日に最初の手紙を受け取る。ジョイはルイスに会いに英国を訪れた。その後間もなく、彼女の夫は別の女性と関係を結び彼女と離婚したため、ジョイは二人の息子を連れて英国に移住してきた。財政的困窮時のルイスの援助や共通の文学的関心をとおして、二人の間には深い友情が生まれた。英国政府が彼女に滞英許可を与えなかった事態を打開するために、一九五六年四月二三日、ルイスはジョイと市役所の戸籍課で書類上の結婚をするが、ジョイの骨髄癌発症を機にルイスの教え子のピーター・バイド師の司式により、一九五七年三月二一日、病室で神の前での結婚式を挙げた。ルイス五八歳、ジョイ四二歳であった。結婚後に彼女の癌の進行は一時止まるが、三年後に再発し、ルイスとジョイがギリシア旅行を敢行した三ヶ月後の一九六〇年七月一三日、ジョイは逝去した。ルイスは精神的に激烈なショックを受けた。その様相は『悲しみを見つめて』（*A Grief Observed*, 1961）に記されている。なお、この二人の関係はBBCのテレビ・ドラマや映画『永遠の愛に生きて』（*Shadowlands*）に描かれている。

そして、一九六三年一一月二二日、ルイスは自宅のベッドで静かにこの世を去った。彼は死の数週間前にウォーニーに「やりたいことは全部やった。行く用意はできている」と語った。その同じ日にJ・F・ケネディが暗殺され、A・ハクスレイが亡くなった。ルイスは、自宅キルンズから徒歩で一〇分ほどのところに位置する聖三位一体教会の墓地に兄とともに眠っている。（ルイス略歴は拙著『想像力の巨匠たち』彩流社、二〇〇三年、第五章「C・S・ルイス」に主に依拠し、W・フーパー『C・S・ルイス文学案内事典』山形和美監訳、彩流社、一九九八年、ならびに『C・S・ルイス　歓びの扉　信仰と想像力の文学世界』岩波書店、二〇一二年、「プロローグ」を参照）。

さて、ルイスの〈ポエツ・コーナー〉入りの理由はなにかということについては、ルイスを受け入れた側の発言としてウェストミンスター大修道院のヴァーノン・ホワイト師のコメントは注目に値する。なぜなら、ホワイト師は「ルイス氏は驚くべき想像力に富む厳密な思想家であり作家であった」、「キリスト教信仰を、信頼できるものと同時に魅力的なものにするような遣り方で広範囲の人々に伝えることができた」、「わが国の国民生活に永続的で大きな影響力を及ぼした」（ウェブサイト "BBC News - CS Lewis to be honoured in Poets' Corner"）と述べているからである。受け入れ側の理由はこれで充分であろう。

これに対して、ルイスの〈ポエツ・コーナー〉入りの理由はなんであるかと筆者が問われれば、ルイスはキリスト教の偉大な擁護者、優れた物語作家、不滅の〈憧れ〉の探究者と認められたからであると応えたい。このように考えるに至ったのはルイス研究の重鎮でもあるP・J・クリーフトの明察に出会ったからである。クリーフトの言うところを要約するとつぎのようになる。

第一に、現代人のためにキリスト教教義と倫理について『キリスト教の精髄』よりもすぐれた要約を行った人はだれもいない。

第二に、イエス・キリスト自身が弟子たちのうちに引き起こした畏怖と驚異と愛と同じ反応を、読者のうちに喚起するように文学においてイエス・キリストを見事に描いた者は誰もいなかったが、ルイスはアスランにおいて不可能事をやってのけた。

第三に、すべての人の心の奥にある天国に対する不思議な憧れ、神からの匿名のラヴ・レターである〈憧れ〉についてルイスほど明確かつ力強く書いた人はいない。

（ウェブサイト A Man for All Time: C.S. Lewis: Speaking to Our Culture Today）

第一の『キリスト教の精髄』（柳生直行訳、新教出版社、一九七七年）はルイスが受け入れた「わたしの生まれるずっと昔から……厳然として存在してきた〈純粋のキリスト教〉（"mere" Christianity）」（同前、五頁）を説くものである。本書の第一部では〈人間性の法則〉を取りあげ、それを守れない人間に対してキリスト教は語りはじめると断言し、第二部でキリスト教と無神論、汎神論、二元論などを対比考察し、第三部は根源的諸徳、性道徳、社会道徳、また、キリスト教の結婚観、赦し、最大の罪などについて説き、第四部では三位一体論を扱い、難解なことがらを説得力ある論理と比喩を用いて分かりやすく説明している。

そして、ルイスは、〈純粋のキリスト教〉を批判規準として、英国のプロテスタント内の対立において、モダニストの〈水割りキリスト教〉（Christianity and water）に対しては、創造、堕落、受肉、十字架による贖い、復活、再臨、最後の審判、天国、地獄などの教義、すなわち水割りでないストレートのキリスト教の超自然主義を擁護し、ファンダメンタリストに対しては、高等批評を受け入れて、神の言葉である聖書は異なる文学の集成であると主張し、また、創造論者に対しては、有神論的進化論を擁護したのである。

第二の『ナルニア国年代記物語』は二〇世紀に書かれた数少ない秀逸な連作ファンタジーであるが、ライオンのアスランはまぎれもなくナルニアのキリストであり、この物語は、アスランの受肉―死―復活を中心テーマとする「ルイスによる福音書」と言える。

『ナルニア国年代記物語』はルイスの別世界志向、キリスト教の教義、人間の正邪の諸相が組み込まれているファンタジーである。この物語は七つの作品より成り、各作品ではそれぞれ異なる物語が展開され、全体としてみると聖書的枠組みのもとにナルニア国の誕生から終焉に至る経緯とその間に生起した一連の出来事を描く物語である。舞台は非現実の地ナルニアで、現実の地上世界からナルニアに入った子どもたちあるいはナルニア世界にすでにいる子どもたちの冒険物語であるが、同時にライオンのアスランの物語でもある。物語全体は、驚異と不思議、魂の成長、善悪の戦いという要素によってストーリーと意味とテーマのレヴェルの内容が構成されているのだが、これらがアスランにおいて見事に統合されている。と言うのも、子どもたちが経験するあらゆる冒険はたんなる冒険のための冒険ではなく、子どもたちの魂の成長をうながす契機であり、しかも成長とはアスランを求め、アスランの国に憧れる生き方のめばえとその深まりにほかならないからである。つまり、すべての冒険の究極的意味はナルニアのイエス・キリストであるアスランとのかかわりにおいて見いだされるのである。七つの物語すべての中心に、子どもたちの〈憧れ〉の源泉であるアスランがいて、そのアスランとの出会いに、あるいはアスランとともにある歓びにむかってストーリーとプロットが方向づけられているのである。

第三の〈憧れ〉はルイスの生涯と作品を貫くもう一つの中心的テーマである。彼の自叙伝『不意なる歓び』(*Surprised by Joy*, 1955／中村妙子訳、すぐ書房、一九九六年)には、彼が六歳未満の頃に兄の造った箱庭によって初めて〈美的経験〉を味わったこと、また子供部屋から見たカースルレイ丘陵によって〈憧れ〉が喚起されたことが記されている(中村妙子訳『不意なる歓び』『C・S・ルイス著作集』第一巻、すぐ書房所収、一九九六、一六頁)。さらに三つの重要な経験が自叙伝の中に列挙されている(同前、二七—三〇頁)。

第一は、すぐりの藪の傍らで兄の造った箱庭のことを思い出し激しい渇望を覚えたという経験。第二はビアトリクス・ポターの『りすのナトキン』を読んだ時に〈秋の観念〉に魅了された経験。第三はロングフェローの『テグネールの頌詩』を読み、バルダーという北欧神話の神に憧れを覚えた経験である。

これら三つの経験について補足説明をしておきたい。第一の経験で注目すべきは記憶の甦りによって〈歓び〉が喚起された点である。これは過去によって呼び起こされる憧れということになる。第二の経験で重要に思われるのは、ルイスが〈歓び〉を喚起した『りすのナトキン』に、〈歓び〉を喚起するために何度も立ち帰っていった点である。ここに、〈歓び〉を喚起する或る種の文学の存在を見て取ることができるであろう。第三の経験において特筆すべきは、遙かな国の物語詩によって喚起される憧れである。要実は、この〈憧れ〉はルイスがヨーロッパ文学に現れた主要な六つの価値（名誉、性愛、物資的繁栄、自然に対する汎神論的瞑想、過去、想像上の物語、遙かなものによって喚起される憧れ、本能の解放）の一つとして分類した〈憧れ〉の定義そのものである（「キリスト教と文化」山形和美訳、『C・S・ルイス著作集』第四巻、すぐ書房、一九九七年、四〇〇頁）。また、第一の経験における過去の記憶の内容に焦点を合わせるなら、第二、第三の経験と共通する点があることに気づく。すなわち、甦った記憶の箱庭と『りすのナトキン』と『テグネールの頌詩』はいずれも造られたものであり、芸術作品と言って良いであろう。そのように考えることが許されるのであれば、これら三つの経験は、一面において〈歓び〉を喚起する芸術の力について語っていると見なしてさしつかえないであろう。

この〈歓び〉または〈憧れ〉がルイス自身のキリスト教への回帰に果たした道筋を跡づけようとしたのが、再びキリスト教徒になったのちルイスが最初に公刊した本邦未訳の自伝的アレゴリー『天路逆程』である。物語の主人公ジョンは幼い日に壁にあいた穴から一瞬垣間見た〈島〉に強烈な憧れを抱き、青年期を迎えたある日、〈島〉のあると思われる西に向かって旅立って行く。旅の途中でさまざまな試練に出会いながらも、消え去ることのない〈憧れ〉に促されて旅を続け、旅路の果てに小川を渡って〈島〉（実は領主＝神の住む山）へ向かう場面で終幕となる（拙著『C・S・ルイス　歓びの扉　信仰と想像力の文学世界』第二章に詳しい）。この〈憧れ〉のテーマはやがて『ナルニア国年代記物語』へ、さらに『顔を持つまで』へと引き継がれていくのである。

このように、『キリスト教の精髄』、アスランによるキリストの文学的形象化、不滅の〈憧れ〉これらすべては、ルイスの信仰と想像力の融合による神の国のヴィジョンを指し示すものであると筆者には思われるのである。

ウェストミンスターの〈ポエツ・コーナー〉のC・S・ルイスの記念碑は、彼がその三〇年間のあいだに紡ぎ出した多彩な著作によって、イギリス国民のみならず、日本の少なからぬ読者に永遠の知恵と美の描出という贈り物を与えてくれたこと、そして未来の読者に与え続けていくことを告げ知らせていくのである。

1 Walter Hooper & Roger Lancelyn Green, C.S. *Lewis: A Biography*（Collins;Harcourt, 1974）およびウォルター・フーパー『C・S・ルイス文学案内事典』山形和美監訳、彩流社、一九九八年、に依拠。

第一章　「キリスト教と文化」詳解

Ｃ・Ｓ・ルイスの名は『ナルニア国年代記物語』の映画化によってわが国においても多くの人々に知られるようになったが、ルイスは別世界物語だけを創作したキリスト教徒作家ではなかった。彼は、十代でキリスト教を棄てたが、紆余曲折を経て三十代前半にトルキーンたち友人との交流の影響もあってキリスト教に回帰し、彼の生きた時代の問題に真摯に向きあった二〇世紀西欧世界の偉大なキリスト教弁証家でもあった。本章の目的は、キリスト教弁証家としてのルイスのアポロギアと考えられる「キリスト教と文化」というエッセイを取りあげ、ルイスがどのようにキリスト教と文化の問題を捉えていたかを見ていくことにある。なお、ルイスの場合、キリスト教徒作家でもあるからには、キリスト教と文化の問題はキリスト教と文学の問題を包摂すると言わなければならない。

第一節　「キリスト教と文化」の使用テクスト

ルイスは、キリスト教と文化の問題について述べるにあたって、まず、この問題に関する個人史に言及する。そのあと、すぐさま聖書が文化に対してどのような姿勢を示しているかを検討し、引き続いて、西欧世界の智者たちの発言を引き合いに出しながら論じていき、最後にルイス独自の見解を提示する。（なお、本章で使用する「キリスト教と文化」は、リーランド・ライケン（Leland Ryken）編 *The Christian Imagination: Essays on Literature and the Arts*（Baker Book House, 1984）所収のライケン編集による的確な縮小版 "Christianity and Culture" の山形和美訳（『C・S・ルイス著作集』第四巻、すぐ書房、一九九七年）に依拠し、引用箇所は頁数のみを括弧内に記す）。

第二節　信仰と文化の問題に関する意識の変遷

ルイスにおいて、信仰と文化の問題意識の有り様は三段階に分けられる。すなわち、第一段階は十代でキリスト教を棄教して二十代末頃からキリスト教に回帰しようとするまでの文化的活動に対する肯定の時期——「ずっと若いころに、私は文化的生活（つまり知的かつ美的活動の生活）はそれ自体のためにきわめて良いものであると、あるいは人間にとって有益なものであるとすら信じるようになった」（395）。第二段階はキリスト教に回帰した時期——「二十代の終わりころに体験した改宗のあとでも私はこの信念［文化的生活はそれ自体のためにきわめて良いものである］を持ち続けて、文化に対するこの信念と、人間生活の究極の目的はキリストにおける救いと神の讃美にあるといった私が新しく手に入れることになった信仰とをどのようにして折り合いをつけるかといったことは、意識的に尋ねることはなかった」（395-6）。第三段階は信仰と文化の問題意識が鮮明になった時期で、ルイスはつぎのように問題を明示する。

……神の栄光、そして神の讃美のために私たちに許されたただ一つの手段としての人間の魂の救い、これらこそが人間生活の真の関心事なのである。であれば、文化の価値とは果たして何であるのか、ということになる。これは今さら新しいと言える問題ではない。だが、生きてせまってくる問題としては、私にとっては新しい問題であった（396－397）。

このようにルイスは言うが、彼においてみられる信仰と文化の問題についての意識の変遷は特異なことではないであろう。この意識の変遷こそまさに筆者の辿った過程でもあったのである。

第三節　文化に対する聖書の記述

第一項　文化にとって不都合な聖句

ルイスは新約聖書（以下、本書での聖書からの引用は新共同訳『聖書』に依るが、ルイスは Authorized Version〔以下ＡＶと略す〕を用いているので、新共同訳と意味が異なる場合には説明を付す。）に目を向け、聖書が文化的諸価値に対してどのように言っているのか検証にとりかかる。まず、ルイスが見て取った第一のことはつぎのようなことである。「自然のレベルで最高の価値を与えられているものは、すべてたんにお情けということだけで存在を許されているのであって、それらが神の奉仕と対立することにでもなれば、すぐに情け容赦もなく捨てられなければならないという要請をそこに見出した」（397）。それらは、たとえば、感覚器官（マタ五・二九）ならびに生殖器官（マタ一九・一二―ＡＶでは'For there are eunuchs…'となっている）が神の奉仕と対立する事態になれば、それらを犠牲にしなければならないということである。さらにルイスは意気消沈させる聖書の実例を複数指摘する。それらは、父母を憎むようにという言葉（ルカ一四・二六）、イエス自身がマリアとの血縁関係を無視しているような言葉（マタ一二・四八）、そして、ユダヤの律法への落ち度のない順応が塵あくた（フィリ三・八）と言われていることなどである。

つぎに、ルイスは「新約聖書にあらゆる種類の優越性に対する数多くの警告を見出した」（398）と言って数例を列挙する。すなわち「心を入れ替えて子供のようにならなければ、決して天の国に入ることはできない」（マタ一八・三）、「あなたがたは『先生』と呼ばれてはならない」（マタ二三・八）、「すべての人にほめられるとき、あなたがたは不幸である」（ルカ六・二六）、「神は知恵ある者に恥をかかせるため、世の無学な者を選び、力ある者に恥をかかせるため、世の無力な者を選ばれました。」（一コリ一・二七）、「本当に知恵のある者となるために愚かな者になりなさい」（一コリ三・一八）。

以上、自然の基準から見て損なわれた生活の選択、父母を憎むようにとの言葉、あらゆる種類の優越性に対する厳しい警告は文化に対する聖書の否定的傾向と考えられる。

第二項　文化にとって好都合な聖句

さて、ルイスは、聖書は文化的活動について首尾一貫して否定的傾向に終始しているのではないと判断できる聖書の記述に言及する。世俗の学問は東方の三博士たちに具現しているかもしれないこと（マタ二・一—一二）、タラントンの譬えのなかにあるタラントンは才能も含まれていると考えられること（マタ二五・一四—三〇）、ガリラヤのカナで行われた奇跡は、文化をレクリエーションとして利用すること、たんなる娯楽を正当化すると解釈できること（ヨハ二・一—一一）、イエスが百合の花を愛でたこと（マタ六・二八—三〇）によって、自然を美的に楽しむことは正しいことであるということなどにおいて、またパウロが見えるものを通して見えないものをみとめなければならないという要請（ロマ一・二〇）において、ある程度科学の効用が暗示されていると、ルイスは考えているのである（398）。

このように、聖書には文化に対して好意的に読みとれる箇所もあるのだが、「全体として見れば、新約聖書は文化に対して敵意を示してはいないにしても、間違いなく冷淡であるように思われた。……新約聖書のなかで文化を重要なものと考えるように勧められているというように、私は思うことはできない。」（399）とルイスは判断するが、それでも文化は重要であるかもしれないと思い、英国教会の論客であったリチャード・フッカーを引き合いに出し、聖書には重要なものすべてが、いや必要なものすべてすらも含まれているはずであるとの見解を思い起こしつつ（399）、信仰と文化の問題を追究していく。

第四節　西欧世界の智者の見解

新約聖書の検討を終えたあと、ルイスは西欧世界の智者たち（その多くはキリスト教徒であるが）の見識を提示しつつコメントを加えていく。

偉大な異教徒たちのうち、アリストテレスは私たちの味方であるとルイスは言う。それは彼が『ニコマコス倫理学』や『詩学』によって文化的価値を擁護していると認識したからであると考えられる。これに対して、プラトンについては「善なるものの知的な理解あるいは国家の軍事的能力に直接あるいは間接に導かないような文化は容認しようとはしない」（399）とルイスは断言する。おそらくルイスはプラトンの『国家』を念頭においてこのように言っているのであり、『国家』第一〇巻には文学否定の言説が明確に記されていることも承知の上でのことであるからこそ、プラトンが容認する文化国家ではJ・ジョイスやD・H・ロレンスはひどい目にあったであろうと言うのである。

ここでプラトンの文学否定的見解について簡述しておきたい。彼の考えは文学否定の源泉としてしばしば言及され、キリスト教と文化ないし文学の問題を検討するときに重要だからである。『国家』第一〇巻に見られる詩人ないし文学に対するプラトンの疑念を要約すると次のようになる。第一に、詩人は「真似を仕事とする人々」（『国家』（下）藤沢令夫訳、岩波文庫、二〇〇七年。三〇二、三一三頁）で、文学は「実在から遠ざかること三番目のもの」（同前、三一〇、三二三頁）であるがゆえに人々を欺くかもしれない。第二に、詩人はその仕事の性格を知らない人々の心に害悪を与える。なぜなら、文学は「感情を高ぶらせる性格」（同前、三三一頁）を種々様々に真似て描き、「魂のうちに生じるすべての欲望と快苦についても……そうした衝動に水をやって育てる」（同前、三三五頁）からである。第三に、文学は「ひとつの遊びごと」（同前、三三三頁）にすぎず、詩が「快いだけでなく有益である」（同前、三三八頁）ことを明らかにしなければならない。つまりプラトンの文学否定論は文学の虚構的性質、道徳的悪影響、非実用性によるものであり、これらは今日でも文学否定の根拠であることに変わりはない。

つぎに、ルイスはアウグスティヌスの『告白録』に言及し、彼が文化否定的であったことを例証している。すなわち、少年期に受けた上級の学科は、愚かなことであり、初級の学科よりも、高尚で内容豊かであると思うのか分からないと言っていること（『告白録』第一巻一三章）、教会音楽に自分が感じた歓びを極度に不信視したこと（同前、第一〇巻三三章）、劇は一種の古傷であったこと（同前、第三巻第二章）――「劇場の出し物がわたしの心を奪いました。それらはわたしの哀れな姿と情欲を燃やす素材に満ちていました」（アウグスティヌス『告白録』（上）宮谷宣史訳、教文館、一九九三年。一一三頁）などである。

このように、ルイスはアウグスティヌスを文化否定的見解を述べた教父と見ているが、かならずしもそれは正確ではないと筆者は思う。それはアウグスティヌスが異教徒の文化の効用を認めていることでも分かる――

しかしもしも聖書を解釈するために、音楽からなにか役立つものを摂取できるなら……音楽が異教徒の迷信と結びついているからといって、音楽から逃亡するには及ばない……

たしかに文芸の神はメルクリウスであると異教徒たちが言っているからといって、われわれが文芸を学んではならないということにはならない……むしろ善良で真実なキリスト教徒であるならば、どんな所で真実なものに出会うとしても、それは主のものであることを悟るべきである（アウグスティヌス『キリスト教の教え』加藤武訳、教文館、一九八八年。一〇九―一一〇頁）

第五節　ヨーロッパ文学に現れた六つの主要な価値

さて、ルイスは、話題を文学に転じて、つぎのように言う――「想像力が創りだしたほとんどの文学の中で前提条件とされる価値体系は、ヒエロニムスの時代以来このかた、たいしてキリスト教的なものになってきてはいないのである」（400）と。このように述べ、シェイクスピアの『ハムレット』の復讐の義務はもとより、その他すべての作品では、真に力を発揮する善という発想はまったくこの世的なものに見えると言い、ヨーロッパ文学に現れた六つの主要な価値を列挙していく。

中世ロマンスでは、名誉と性愛だけが真の価値を持っている。一九世紀小説では、性愛と物的繁栄がそうである。ロマン派の詩では、自然に対する喜び（汎神論的神秘主義を一方の極として、たんなる内面的感覚を他方の極とするもの）か、さもなければ、過ぎ去ったもの、遠くにあるもの、そして（信じられたものでなく）想像のなかで思い描かれた超自然的なものなどによって掻き立てられる〈憧れ〉への耽溺が重視される。現代文学では、解放された本能に従った生活に価値が与えられる。むろん、例外的ケースはある。しかしこういった例外的ケースを研究しても、文学を文学として、かつ文学を全体として研究することにはならないだろう（400）。

ルイスの言うこれら六つの価値（名誉、性愛、物的繁栄、自然に対する汎神論的瞑想、憧れ、本能の解放）はそのいずれもそれ自体で即キリスト教的価値ではないので、これらの価値が前提となる文学がキリスト教的文学になり得ることはないのだと考えてのことであると思われるが、ルイスはJ・H・ニューマンの見解を引き合いに出す。

すべての文学は一つである。それらは自然人の発する声である……〈文学〉というものが人間性の研究であるとされるのであれば、キリスト教的文学はありえないことになる。罪ある人間に関する罪なき〈文学〉を企てることは、ことばの矛盾というものである（400－401）。

ここで、ルイスは文学の及ぼす悪影響について語り出す。それはほとんどの文学に内在する非キリスト教的もしくは反キリスト教的価値が多くの読者を毒しているとルイスは見て、その数例を示し、文学それ自体ならびに文学の誤った読み方が及ぼす悪影響に警鐘をならすのである。

ルイスは、シェイクスピアの悲劇に関するある論文の記述に文学の毒の結果を見て取った。その論文は「クレオパトラやマクベスといったシェイクスピアの作った人物たちの犯罪は、彼らの〈偉大さ〉として記述される特質によって幾分か償われている」（401）と述べ、また、ある批評家は「ウェブスターの『白魔』の邪悪な恋人たちがもし悔い改めていたならば、ほとんど許すことができなかったであろう」（401）というようなことを書いていたからである。さらに、ジョン・キーツの〈消極的能力〉（Negative Capability）に関する記述から、経験は無条件に善なるものであるといった奇妙な原理を引き出す人が多くいるからである（401）。

ルイスはこのように述べ、文学全体は、教父たちの時代以来、よりキリスト教的になってきているのではないと言うのである。

続いて、ルイスはトマス・アクイナスの名前を出すが、彼には信仰と文化の問題に直接的に関連するものは見いだせなかったと述べるだけに終わり、トマス・ア・ケンピスに話題を移し、彼は徹底して反文化的立場であったと主張する。

これまでの検証の結果は、ルイスにとって、文化擁護の根拠を危うくするものであった。

だが、ルイスはグレゴリウスの「イスラエル人たちが自分たちのナイフを研いでもらうために、ペリシテ人たちのもとに降っていく行動になぞらえることができる」（402）との言葉に注目する。これは武器としての文化ということであって、キリスト教文化の異教文化への移入ということであろうが、これもそのような方面の使命をもつようなキリスト教徒にとってその当座、キリスト教文化は正当化されるとしても、永遠にそうであるとは言えないのである（402－403）。

ルイスは、つぎにミルトンに言及する。ルイスはミルトンを文化の重要性を擁護した味方であると考えているが、『アレオパジティカ』について、「すべての善と悪とを追求する自由に対する彼の輝かしい弁護は、結局、偉大な人間にだけ高踏的に関心を示し、大衆には軽蔑を感じて無関心を装うといった態度（こういったことを許すキリスト教徒はいないと思うが）に立っているように見えた」（403）と言う。

そしてルイスは最後に、すでに一部引用したJ・H・ニューマンの著作『大学教育論』について検討していく。まず、ルイスはニューマンを引き合いに出す理由を述べる。

ニューマンほど雄弁に文化の美をそれ自体のために主張した人は今までいないからであり、かつまたニューマンほど厳しく文化を霊的なものごとと混同する誘惑に抵抗した人は今までいなかったからである（403－404）。

このように述べたあと、ルイスはニューマンの言っていることを簡明に要約提示していく。そこで、ルイスが捉えたニューマンの主張を整理してみるとつぎのようになる。①文化は紳士をつくる――知性の育成は「この世のため」のものであり、それと「真性の宗教」のあいだには「根源的な差異」がある。知性の育成はキリスト教徒ではなく紳士を作るのであって、人々をよりよい存在にするのではない。②文化は罪を犯すことを回避させる――「教会の牧者たち」が、精神が弛緩してきて、そのままだと罪を犯しそうになる可能性がでてくるときに、「その精神に無邪気な気晴らしを与えてくれるという理由で、現に文化を歓迎するということもありうるし」、「精神に害悪を及ぼすものから精神を引き離し、理性を持つ人間にふさわしいものに精神をむかせる」（404）ことはしばしばある。だが、「文化は精神を自然を超えて引き上げることはせず、またわれわれを創造主に対して気に入られるような存在にする傾向は持っていないのである」（404）。③文化的価値と霊的価値の逆比例――神学が、学芸知識の一部でなくなって、純粋に牧会の目的に追求されるとき、その貢献度は増大していくが、それに逆比例して寛大さを失ってくる。④学芸知識それ自体は目的である――「生物、無生物、目に見えるもの、目に見えないもの、それらすべてはそれぞれの本質において善なるものであり、それら自体の中の〈最善なるもの〉を持っている。そして、それこそが人間が追求する対象となるのである」(四〇四―四〇五頁)。精神を完成させることは「徳の育成と同じほどに明瞭な目標である。むろん、両者は同時に絶対的にお互いに区別されてはいるが」(405)。

ルイスは以上のようにニューマンの主張に耳を傾けた上で、ニューマンの結論には同意できないと断言する。その理由はこうである。道徳と関係のない善の追求に時間を費やすことをめぐってのニューマンの考えは不分明であること――たとえば、「頭の切れる人は鈍い人より〈良い〉ものであり、どんな人間もチンパンジーよりは良い」(405)ものであるが、この意味で〈より良い〉、つまり〈完全な〉ものになるために私たちはどれくらいの時間と精力を費やすべきかと問えば、文化は創造主にとって私たちを気に入られる存在にする傾向をすこしも持たないというニューマンの主張が正しいのなら、そのようなことに私たちは時間も精力もいささかも費やすべきでないということになるであろうが、もしもそうであれば、ニューマンは「それ自体の目的である学芸知識」についての文章は書かなかったであろうとルイスは考えるのである。他方、理性的な存在である「人間の道徳的義務の一つは可能な限りの高い、道徳に関係のない完成度に到達することである」(406)と主張することは可能であるだろう。だが、精神の完成とは徳と「絶対的に異なるもの」ではなく、それは徳の内容を構成する一部であることになり、聖書や教会の伝統がこの義務についてほぼ沈黙していることは奇妙である。こうルイスは述べて、ニューマンは問題の出発の時からほとんど論を前に進めていないのではないかと訝るのである。そしてルイスはやや期待はずれのそぶりでつぎのように言う。

彼は、文化とは道徳と関係のない「完成」を私たちに与えるものであることを説明することによって、私たちの精神を明確にしてくれた。だが、真の問題――道徳に関係のないこのような価値を、天国かさもなければ地獄のどちらかに向かって刻々に進んでいる人間の義務もしくは利害と関連づけて考えるという問題――については、彼は私たちにほとんど手助けにならないように思える。「感受性」は一つの完成であるかもしれない。だが、感受性を身につけることによって私は神を喜ばすのでもなく、また私の魂を救うのでもないとするならば、なぜ私は感受性を持った人間にならなければならないのだろうか。そう、私という人間が作られた目的を全部失ってもなおも成り立つ「完成」とは、まさにどういう意味を持つものであろうか（406）。

以上見てきたように、ルイスは文化の価値についての見方を、新約聖書、西欧の智者たちを通して検証してきたところで確認し得たのは、彼が若い頃に抱いていた文化の高い位置づけはキリスト教徒になったことによって、取り戻すことができないのではないかということであった。その結果、文化的な価値についてなにかを言うとすれば、声だかにではなく、控えめに主張しなければならないということになったのである。文学を宗教にとって代えようとした「マシュー・アーノルドから『スクルーティニー』派にいたる教養ある不信者たちの伝統全体は、一八世紀に始まった神に対する広範囲な反逆の一面でしかないようにルイスの目には映ったのである」（407）。つまり、ルイスにとっての信仰と文化の問題は、教養ある不信者による文化の価値の擁護ではなく、キリスト教徒としての信仰との関係における文化の価値の擁護なのである。この問題の解決にルイスはまっすぐに突き進んでいく。

第六節　文化擁護に対するルイスの見解

第一項　文化的職業に携わって生計を得ることは許される

まず、ルイスは自分自身がオックスフォード大学の教師であるばかりでなく、別世界物語の作家、文明批評家、キリスト教弁証家といった文化的職業に携わって、生計を得るために多大のエネルギーと時間を費やすことを弁護しようとする。

私自身の専業は、好みと才能に左右されるものであるが、自分の生計を得る必要がその直接の動機になっている。そして、自己の生計を得ることについては、キリスト教の考えは革命的で終末論的な要素を含んでいるにもかかわらず、人を喜ばせるほどに単調なものになる可能性があることを知って、私はほっとした。……聖パウロはテサロニケの信徒たちに対して、仕事に身を入れるように（一テサ四・一一）、そしていたずらに動きまわる人にならないように（二テサ三・一一）と述べた。お金が必要であることは、したがって、いかなる職業につくための、けっして素晴らしくはないが無害な絶対的動機なのである。エフェソの信徒たちは、何か〈良い〉ことに従事して正当な働きをするように戒められている（エフェ四・二八――AVでは"…the thing that is good…"となっている）。私は、ここの〈良い〉という語の意味は〈無害の〉という意味を大きくうわまわるものではないだろうと思った。……そこで、もし文化というものが必要であり、かつ文化が実際には有害でないということであれば、その要求を満たすことによって生計を立てることは許されること――文化的職業（学者、先生、作家、批評家、時評家など）も皆同じように許されること、とくに彼らが、私と同じように、他の仕事をする才能がほとんど、あるいは全然ないような場合――文化的職業への彼らの「召命」が彼らが他のいかなる職業に対しても不適当であるという残酷な事実に存するものであるならば、そうであると私は結論した（407‐408）。

このように、ルイスは、生計を得ることが、文化活動に関わる直接的動機であると述べていて、彼においては文化が必要であり、文化が有害でないということ、他の仕事をする才能がないということが前提であると考えている。このいささか自慢と自嘲の入り交じった自己弁護はこの説明だけで全面的に納得できるものではないであろう。なぜなら、これらの前提のうち、文化が必要でないと言う人は例外であるとしても、文化が有害であるとはどのようなことであり、その場合には文化活動に携わるべきではないと言いたいのかそうでないのか不分明だからである。それだからこそ、それが第二の問題になるのであろう。

第二項　キリスト教徒が文化活動に積極的に携わる理由

つぎに、ルイスはキリスト教徒が文化活動に携わる積極的な理由を提出する。それは彼が自分自身の役割を文化の〈解毒剤〉として位置づけていることである。

私たちの社会ではすでに文化の乱用は行なわれていて、それは、キリスト教徒たちが文化人であることを止めようが止めまいが続くことであろう。したがって、〈文化の売人たち〉（'culture-sellers'）の階層の中に解毒剤として――幾人かのキリスト教徒たちを入れることはおそらくよいことであろう。文化の売人になることは、幾人かのキリスト教徒の義務ですらあるかもしれない（408）。

ここにおいて、ルイスは自分が解毒剤として文化の売人たちの中に入り込むことが、キリスト教徒である彼の義務であると考えているのである。このことは聖書の言う〈地の塩、世の光〉（マタ五・一三―一六）としての働きを自らに課すことになるわけで、すでに見たように「新約聖書のなかで文化を重要なものと考えるように勧められているというように、私は思うことはできない」と言ったルイスにもかかわらず、フッカーの「聖書には重要なものすべてが、いや必要なものすべてすらも含まれているはずである」との言葉どおり、文化の売人としての自らの使命の自覚は聖書に根ざしたものと言えるのである。そしてこの解毒剤としての働きについては、「私と同じ立場にある人々は、……〈良いことをしている〉と言ってよいかもしれないのである（四〇九頁）と言う。

ところで、ルイスが文化の解毒剤と自らを位置づけているとすれば、文化の毒とは何を指すのであろうか。ルイスはそのことを詳述しないが、彼の様々な著作が毒とはなにかを明らかにしていると思う。筆者はその毒を、キリスト教界内部の毒とキリスト教界外部の毒の二つに分けられると考えている。たとえば、前者の毒は、自由主義的キリスト教、ファンダメンタリスト、創造論者、ある種の聖書学者などであり、後者のそれは、安全な飼い馴らした神観、自然法の無視、根源的諸徳の棄却、七大罪、とくに傲慢、本能の無制限の解放などである。これらの毒についての詳述は第十章で行う。

第三項　文化は今まで個人的にルイスに実に多くの歓びを与えた

ルイスにとっては、歓びは本質的に善なるものであって、「罪深い」歓びとは道徳律の侵犯をまき込む条件の下で提供され、受け取られる善であることを意味する」（410）。それゆえこの点で、ルイスはニューマンの文化観の一部に同調し、文化の与える歓びはそのような罪深い歓びを回避する優れた手段となるという意味で肯定されるべきものなのである。

ここまで、ルイスが、生計を得るため、解毒剤のため、罪を回避するために、文化活動を擁護する理由を見てきたが、つぎに、すでに見たヨーロッパ文学に内在する六つの価値（名誉、性愛、物質的繁栄、自然に対する汎神論的瞑想、憧れ、本能の解放〉についてルイスはあらためて見解を明示する。

第四項　ヨーロッパ文学に内在する六つの価値について

これら六つの価値は〈キリスト教より下位の〉（sub-Christian）価値と呼ばれてきたが、（sub-Christian）を〈キリスト教の直下の〉（immediately sub-Christian）、すなわち〈最低位の精神的価値の直下に位置する最高位の自然的価値〉を意味するものと取れば、それは相対的な容認を表す用語となるかもしれないとルイスは述べ（411）、物的繁栄と本能の解放は人々を悪い方向に誘うのでこれらを除き、その他の四つの価値をこの〈相対的に〉良い意味でキリスト教より下位に位置する文化的価値と認めたのである。

〈名誉〉は、「下から上昇していっている人にとっては、騎士道という理想は殉教という理想へと導く教師となるかもしれないのである」（412）。「ダンテやパトモアによって記述された道は、危険な道である。……ある人々にとってはロマン的な愛（性愛）もまた導いてくれる教師となっている」（412）。「ワーズワス的な「汎神論的」瞑想は、崇敬を要求するものが私たち人間の外に存在することを認知する第一の、そして一番低次の期待でありうる……〈下からあがってくる人間〉にとってワーズワス的体験は一つの進展である」（412－413）。「ロマン的な〈憧れ〉が秘めるいろいろな危険はきわめて大きい。その点に関しては、真偽は別にして、ここでは私自身の体験を述べることしかできない。……。こういった体験がなければ、私の改宗は実際よりももっと困難なものになったことであろう」（413）と言う。なぜなら、ルイスは自伝的アレゴリー作品『天路逆程』において明らかなように、〈憧れ〉を究極的実在の確かな徴と理解したからである。

さて、ルイスが最後に提示する文化的価値の擁護はもっとも積極的な理由と言える。ルイスは文化が非キリスト教徒とキリスト教徒に対して果たす役割を区別し、文化が非キリスト教徒の生活において果たす役割についてはつぎのように主張する。

第五項 文化が非キリスト教徒に対して果たす役割

……文化というものは〈キリスト教の下位にある〉最善の価値の貯蔵所である、ということである。これらの価値は本質的に魂に関わるものであって、精神に関わるものではない。しかしその魂を創ったのは神である。したがって、魂の価値は精神の価値の照り返しをある程度まで含んでいると予想してよい。それらの価値によって人は救われることはない。それらは、愛情が慈悲に、名誉が徳に、あるいは月が太陽に似ているというかぎりにおいて、生まれ変わった生命に似ているのである（414）。

……私は文化というものはある人々の魂をキリストのもとへと導いていくのに、はっきりとした役割を演じるものなのだ、と結論として言いたい（415）。

この主張をルイス自身に当てはめると、彼が書き表した解説的なキリスト教弁証作品のみならず想像力を駆使したアレゴリー、ファンタジー、神話の再話などの作品もまた人間の魂を救うことはないが、ある人々をキリストのもとへと導いていく役割を果たすということになるとルイスは考えていたと筆者には思えるのである。

第六項 文化がキリスト教徒に対して果たす役割

他方、文化がキリスト教徒の生活において果たす役割とは二点あると言う。

すべての文化的な価値が、キリスト教にいたる上昇の道の途上にあって、真理の漠然とした写しであるとすれば、私たちは改宗した今でもそれらの価値をそのような価値として認めることができるのである。さらに、私たち人間は休息して遊ぶ必要があるのであって、休息し、遊ぶ場所としては、ここ、すなわちエルサレムの郊外をおいて適切なところはほかにないのである（415）。

もう一点はこうである。

ほとんどの人の場合、それ自体は賛美する行為ではないが、それを神に向けて行うことによって神の賛美となる、そういったことを神の栄光のためにおこなうことによって神を賛美するといった形を取らざるをえないのである。私が今希望しているように、文化的活動が無害で、有用であるならば、それらの活動は……主なる神に向けて行うことが可能なのである（416）。

こういうわけで、文学および文化活動に関連するルイスの発言は、文化および文学の価値を擁護すると同時にルイス自身の文学の特質を決定づけるものである。なぜなら、ルイス文学総体に鑑みて、ルイス文学の中心テーマである〈憧れ〉や〈受肉―死―再生〉は明示的であれ暗示的であれ〈魂の救い〉に関連しており、創作それ自体はルイスにとって〈休息と遊び〉であると同時に〈主なる神に向けて行われる活動〉であったし、また、ルイスは文学を含む文化の諸価値は真理の朧な写しであるが、人間の魂を救うことはないであろうと承知しつつ、キリスト教的ヴィジョンを提示する文学世界を構築することによって、彼自身の文学を読むある人々の魂を救いへと導くことを企図していたと考えられるからである。そして、ルイスは決定的なことを言う。

人間の魂の救済は、神を讃美する一つの手段である。というのは、救われた魂のみが神を適切に讃美できるからである。私の見方では、文化が従属させられる対象は道徳的な徳ではない（むろん、それも含まれるが）。文化とは、すべての価値が存すると私が信じる超絶的な〈人格〉へと向けてすべての意志と欲望を意識的に方向づけるために、またすべての考えと行為においてつねにこの〈人格〉を引き合いに出すために、用いられるべきなのである（417）。

この言葉をルイスの別世界物語の文脈に入れ込めば、彼の文学はつねに超越的な人格を引き合いに出すために、聖書の神が『天路逆程』のランドロード、『宇宙三部作』のマレルディル、『悪魔の手紙』の〈敵〉、『ナルニア国年代記物語』のアスラン、『顔を持つまで』の灰色の山の神といった異称の神の名において作品世界に息づいているのである。

第二章　C・S・ルイスの信仰論Ⅰ

筆者は第一章において、C・S・ルイスがみずからを文化の乱用に対する解毒剤と規定していたことについて言及し、彼が見て取ったと考えられる文化の毒の具体例をいくつか挙げた。筆者はこの目的を果たすべくキリスト教弁証家としてのルイスに焦点を当てて本稿を準備してきたが、その過程で、文化の毒を指摘し批判するルイスの神学的・倫理的規準について先に述べなければならないと考えるに至った。そこで本章からは、キリスト教へ回帰したルイスが擁護し依拠する批判の規準、すなわち〈まじりけのないキリスト教〉(mere Christianity)を基盤とするルイスの信仰論を、伝統的な神学の枠組みによって徐々に紹介していくことに努めたい。なお、本章から開始するルイスの信仰論の内容は、拙著『C・S・ルイスの世界――永遠の知恵と美』(彩流社、一九九九年)第一章「C・S・ルイスの信仰論」を基に大幅に増補改訂したものになる。本章では、まずルイスの啓示観について提示していく。

第一節　キリスト教徒としてのルイスの使命

C・S・ルイスは『キリスト教の精髄』(*Mere Christianity*, 1952)の中でつぎのように述べている。

……わたしはクリスチャンになって以来、いつもこう考えてきた――未信者である隣人たちに対してわたしのなしうる最善の、いや、おそらく唯一の奉仕は、あらゆる時代を通じて、ほとんどすべてのクリスチャンが共通に抱いてきた信仰を説明し、かつ弁護することである、と。[1]

……わたしがこの本を書いているのは、「わたしの信仰」(〝my religion〟[2])と呼びうるようなものを説くためではなく、「まじりけのない」キリスト教――厳然として存在し、わたしの生まれるずっと昔から、わたしの好むと好まざるとにかかわらず、厳然として存在してきた純粋のキリスト教――を説明するためだからである。[3]

さて、右記の二番目の引用について補足説明をしておかなければならないであろう。というのも、「わたしの信仰」と記されている文脈を誤読しかねないと思われるからである。ここには、「わたしがこの本を書いているのは、〈わたしの信仰〉と呼びうるようなものを説くためではなく、〈まじりけのない〉キリスト教を説明するためだからである」、と書かれている。この文章の意味は、〈わたし〉をルイス自身であると解すれば、「わたし＝ルイスの信仰」ではなく、〈まじりけのないキリスト教〉を説明するということを言っていることになるが、もしそのように読むとすれば矛盾を来すことになる。なぜなら、ルイスは自分の信仰と本書で説こうとしている〈まじりけのないキリスト教〉は違うということを言っているということになり、ルイスが受け入れた信仰は〈まじりけのないキリスト教〉ではないのだということになりかねないからである。

このような矛盾を来す読みの理由は「わたしの信仰」という言葉の意味を読み違えているからである。「わたしの信仰」というフレーズは「ルイスの信仰」ではなく、否定的な意味合いで用いられているのである。つまり、「わたしの信仰」とは、わたしが獲得したもの、わたしが所有しているもの、わたしが独自に考え出したものと思いこみ、信仰はもともと与えられたものなのに、そのことをすっかり忘れかけた人々が時として言いかねない常用句であると解すれば矛盾は氷解するのである。したがって、「わたしの信仰」と記されている文脈の意味は、本書は、的外れの不埒なキリスト教徒が言う「わたしの信仰」といったものを説くのではなく、わたし［ルイス自身］が受け入れた〈まじりけのないキリスト教〉を説明するということなのである。なお、ルイスが受け入れ難いとしたキリスト教は、〈まじりけのないキリスト教〉をストレートのウィスキーとすれば、それとは異なる水割りウィスキーのような自由主義的キリスト教であることは、以下の二例の引用からも了解できるであろう。

ルイスは英国教会内に瀰漫する自由主義的キリスト教＝水割りキリスト教（Christianity and water）について、つぎのように簡潔に要約している。

それは、天には善なる神がいまし、万事めでたく何も言うことなし――こう言って、罪や地獄や悪魔や、それに救いといった問題にかかわる厄介な、恐ろしい教義はすべて素通りしてしまう考え方である。[4]

さらに、彼は〝Mere Christians〟と題された寸評の中でつぎのように言っている。

平信徒にとって、〈自由主義者〉と〈モダニスト〉に反対する福音主義者とアングロ・カトリックを結びつけるのは、実に明確で重要なもの、すなわち両者は徹底した超自然主義者であり、創造、堕落、受肉、再臨、四つの最後の事柄を信じているという事実です。[5]

このように、ルイスは正統派の福音主義者であり、創造、堕落、受肉、十字架による贖い、復活、再臨、最後の審判、天国、地獄といった教義を受け入れた超自然主義者であったと言えるのである。以下、超自然主義者ルイスは「あらゆる時代を通じて、ほとんどすべてのクリスチャンが共通に抱いてきた信仰」をどのように説いているのか見ていこう。

第二節　神の知識の起原

第一項　啓示宗教としてのキリスト教

クリスチャンは、「神について自分が持っている真の知識はすべてキリストから、すなわち、神であった人間からくるものであること……を知っている」とルイスは言明する。[6]「いまだかって、神を見た者はいない。父のふところにいる独り子である神、この方が神を示されたのである」(ヨハ一・一八)に見られるように、神が神自身を啓示したということである。ルイスは知識の獲得の主導権を四種類――①無機物に関する知識の主導権、②動物に関する知識の主導権、③人間に関する知識の主導権、④神に関する知識の主導権――に分類し、神に関する知識と神以外に関する知識獲得の主導権についての違いをおおよそつぎのように説明していく。

岩石を研究している地質学者は岩石に関する知識を獲得しようとすれば岩石を見つけに行かなければならない。なぜなら岩石は彼のところにやってくることはできないからである。したがって、無機物である岩石に関する知識の主導権は全面的に地質学者である人間の側にある。だが、動物学者の場合は地質学者とはすこしばかり違う。岩石は逃げ去ることはできないが、動物たちは写真をとりたいと思っている動物学者から逃げることができるからである。したがって、動物に関する知識の主導権は人間から研究対象の側へ少しばかり移動することになる。人間についての知識の獲得は無機物や動物に関する知識の獲得よりも高次の段階が出現する。ある人が他の人に自分のことを知らせたくないと決めていれば、他の人はその人のことを知ることはできない。その人のことを知るためにはその人との信頼関係が成り立っていなければならないからである。それゆえ、人間に関しては知識を得ようとする人間の側と知識の対象である人間の側で主導権は五分五分の関係にあるということである。だが、神に関する知識の主導権は神の側にあり、神が自らを啓示しないのなら、私たちがどのようなことをしても神についての真の知識に到達することはできないということである。[7]

また、神に関する知識の度合いは受け手の側の状態に依存するのであり、神はある人々に対しては他の人々よりも多くを啓示することができると、ルイスは言う。このことは何も神がある人々をひいきにしているからではなく、心や性格が間違った状態にある人々に自らを啓示することは神には不可能だからである。太陽にはえこひいきはないが、曇った鏡が澄んだ鏡と同じように太陽の光を明るく反射できないのに似ているのである。[8]

第二項　多様な啓示

さて、神が神自身に関する知識の主導権を取るのであれば、神が神自身を人間に啓示するのにどのような方法があるのか。この問いに関し、ルイスの啓示理解について誰よりも的確な見解を示すのはマイケル・J・クリステンセンである。彼はルイスが六つの異なる種類の啓示を認めていると指摘する。[9] それらは①良心（あるいは〈普遍的義務〉）、②イスラエルの選ばれた民（あるいは〈選び〉）、③異教神話（あるいは〈善い夢〉）、④

キリストの出来事（あるいは〈受肉〉）、⑤不滅の渇望（あるいは〈憧れ〉）、⑥聖なるものの概念（あるいは〈畏怖の経験〉）の六つである。これらのうち①、②、④、⑥はルイスの考える神の段階的な啓示理解と関わり、③と⑤はルイスの幅広い啓示理解を示すものである。

第三項　啓示の漸進的性質

ルイスは神の啓示の漸進性について、『痛みの問題』（*The Problem of Pain*, 1940）において、つぎのように述べている――「キリスト教は宇宙の起源についての哲学的論争から引き出された結論ではないのです。それは、……〈人類の長年月に及ぶ霊的な準備期間〉の後に突如起こった、一つの歴史的事件です」[10]そして、彼は〈人間の長きにわたる霊的準備期間〉を三段階に区分している。すなわち、第一段階は〈ヌミノーゼ的〉な経験、第二段階は厳然たる法の意識、第三段階は〈ヌミノーゼ的〉な畏怖と法の施与者が同一であるという意識に分け、そのあとに第四段階としてキリストの受肉という出来事が歴史において成就したと見ているのである。このことについてルイスの見解を以下に要約しておこう。[11]

第一に、神は人間に〈ヌミノーゼ的〉な経験――危険の要素はいささかもないという違いはあるが、恐怖にきわめてよく似た感情を、人間に与えた。人間は、古代から宇宙は〈ヌミノーゼ的なるもの〉にとりつかれていると信じた。この〈ヌミノーゼ的〉な畏怖は一つの飛躍であった。それは真に超自然的な存在の直接経験であり、目に見える世界から推定した結果ではない。なぜなら、たんなる危険から気味の悪いもの、ましてや完全に〈ヌミノーゼ的なるもの〉を推論できないからである。[12]

第二に、神は人間に善悪の観念を与えた。歴史の告げるところによれば、人間はある種の道徳の基準を認めている。[13]道徳もまた、〈ヌミノーゼ的〉な経験と同様に、一つの飛躍である。なぜなら、道徳的経験を、環境や物理的経験から演繹することは論理的にできないからである。

ルイスは、第三に〈ヌミノーゼ的〉な経験はそれが道徳的に善なるものと結合するようになったとき、聖なるものに発展したと考える。これもまた一つの飛躍である。[14] これはイスラエルにおいて定期的に、その他の地域においては散発的に生起した。イスラエルの歴史の示すところによれば、神はアブラハムを選び、彼を唯一真の神に関する知識を運ぶことになる一国の先祖の一人にしたのである。すなわち「神は、ある特別の民族を選び、数世紀をついやして、ご自分がどういう神であるかを――ご自分がただ独りの神であり、正しい行為に強い関心を持つものであることを――彼らの頭に徹底的に叩きこんだ[15]」のである。これに対して、自然宗教においては、道徳的経験と〈ヌミノーゼ的〉な経験は相互接触を確立しなかった。人々はディオニュソスの礼拝において実際に酒に酔い、豊穣の女神の神殿で実際に女たちと同衾したが、ユダヤ人にとって、エホバはバッカスやアフロディテの祭礼におけるのと同様に礼拝されてはならないのである。

さて、〈人間性の長きにわたる霊的準備期間〉のあとの最終段階で、神が人間の肉体をまとって自らを啓示した――「自然のうちに折にふれて自らを顕す畏るべき存在であると同時に、道徳律を人間に与えるある者――そのような存在自身であると――もしくはその子であると――あるいはそれと〈一つである〉と――自称する一人の人がユダヤ人の間に生まれたのです[16]」。彼はまるで彼が神であるかのように語り、罪を赦すと宣言し、つねに存在していると主張する。彼はまた、時の終わりに全世界を裁くためにやってくると言う。[17] ルイスは、この主張はこのうえなくショッキングなことなので、この人に対する見方は二通りしかあり得ないと言う。彼は狂人か、さもなければまさに彼が言ったとおり、言っているとおりの者であると。

……どっちつかずなどということはありません。残されている記録からして、狂人であるという仮説が受け入れがたいとすれば、第二の仮説を受けいれるほかありません。そしてもしも第二の仮説を受けいれて彼が自ら言うとおりのものであることを是認するならば、クリスチャンによって主張されている他のすべてのこともまた、信じられるでしょう。すなわちこの人は殺されたが、今なお生きており―その死は人間の理解にあまる、ある方法で、われわれ人間と、「畏るべく」、「義なる」主との間の関係を一変させた―その変化はわれわれにとってまことにありがたいものなのだ―といった主張です。[18]

このように、神は人間の特定の宗教的発展段階に応じてみずからを徐々に啓示してきたとルイスは考えていると見てよいであろう。

第四項　ルイスの特異な啓示観

①異教神話および神話創作者たち

ルイスは神の啓示について特異な見解を有している。彼は神の啓示が異教の教師たちと神話創作者たちに無意識にときおり訪れたと考えた。「神学は詩か」("Is Theology Poetry," 1945）というエッセイで、彼は啓示という主題を〈一般啓示〉と〈特殊啓示〉とする慣習的な分け方に言及しながら、異教の神話を一般啓示の一つと考え、異教の神話創作者たちを神の真理の潜在的〈運び屋〉とみなしていることが見て取れる。

神学は、ある特別な光明がキリスト者に、そして（早くは）ユダヤ教徒に恵与されたと言いながら、また全人類に与えられた神の光明というものもいくらかはあるということを言います。神の光は「すべての人を照らす」と言われています。ですから、偉大な異教の教師と神話作者にも、当の宇宙説話全体のいちばんの骨組みになると考えられている主題、すなわち受肉と死と復活の主題が、多少とも窺われることは当然予測すべきことであります[19]。

このように一般啓示を受け入れるルイスは、紀元前一四世紀のエジプトの王アメンホテップ四世（自称イクナートン）の『太陽讃歌』にみられる一神教はユダヤ教の神学をある程度先んじていたのであり、イクナートンは「一人の精神革命家であった[20]」とし、つぎのように言う。

……彼は父親たちの多神教を脱却し、唯一神崇拝の確立を強行しようとつとめるあまり、ほとんどエジプトを寸断した。……彼の一神論は、きわめて純粋で概念的なものであったように見える。彼は、その時代の人なら当然予想されるような、神を太陽と一体視することさえしなかった。目に見える円盤は神の顕現にすぎなかった。それは、驚嘆すべき跳躍、なにがしかの点で、プラトンの場合以上に驚嘆すべきもので、またプラトンの場合と同じく、通常の異教精神と鋭く対比さるべきものである。そして、わたしたちの知りうるかぎりでは、それは完全な失敗であった。イクナートンの宗教は、彼とともに死滅した。どうやらなにひとつ、そこからは生まれ出はしなかったかに見える。

もちろん、ひょっとしてということからすると、ユダヤ教そのものの出現が、いくらかはそこに由来する、とぐらいは言えるかもしれない。イクナートンの体系から生まれた思想が、モーセを育てたエジプトの「知恵」を、いくらかは形造ったことも考えられる。そういうことがありえたとして、わたしたちが落ちつきをなくすいわれはすこしもない。イクナートンの信条における真実なるものの、彼に訪れたいっさいは、なんらかの形で、真理のすべてが万人を訪れる場合と同じく、神からのものであった。神が自らをモーセに知らしめんとして用いられた道具の中に、イクナートンに発する伝統がまじっていなかったという理由は少しもない。[21]

このように、ルイスは、『詩篇を考える』（*Reflections on the Psalms*, 1958）の中で、「イクナートンの信条における真実なるものの、彼に訪れたいっさいは、なんらかの形で、真理のすべてが万人を訪れる場合と同じく、神からのものであった」との言葉において一般啓示を受けいれていることを明示し、イクナートンは「彼自身のかいま見たところをはるかに越える真実を、久しい昔にみてとった」と言うのである。[22]

つぎにルイスはローマの詩人ウェルギリウスに言及する。ウェルギリウスはキリストの誕生に先立って詩を書いた。それは「時代の大行進は新たに始まる。今聖処女は立ち返り、サターンの御代はよみがえり、うぶ子は高き天より下される。」[23] ここで言われている「サターンの御代」とは、堕落以前のエデンの園に概ね呼応する純真と平和の、失なわれた偉大なローマ時代のことである。そして、ルイスは「中世を通じて、キリスト誕生の、なにかおぼろげな預言的知識が、おそらくシュビラの書（ギリシア語による古代ローマの預言）を通して、ウェルギリウスにも届いていたと考えられていた」と述べ、この詩とキリスト降誕との類似は、偶然とみなされるであろうが、目を見張るに足る偶然であると主張する。つまり、ルイスはウェルギリウスのこの詩もまた一般啓示とみなしていると言える。

続いてルイスはプラトンを引き合いに出し、つぎのように言う。

プラトンのばあいは、邪悪で誤解に充ちた世界の中に置かれた善なるものの運命について語っており、プラトンはそれを自覚している。しかしそれは単に、キリストの受難とは別なもの、というのではない。それはまさしく、かの受難こそが、その例証の極致をなすものにほかならない[24]。

つまり、プラトンがソクラテスの死を意識して書いたのであればなおさらキリストの受難を予告していると
ルイスは見たのである。

さて、ルイスは異教の神話に現れる神々について自問する。

それでは、殺されてはまたよみがえり、そしてそれによって崇拝者たちの、あるいは自然の、生を新たにし、あるいは変容するところの、さまざまの異教の神話に現れる神々については、どのように言えば良いか[25]？

これに対して、ルイスは三つの見解を提示する。第一に、人類学者たちはキリストの神話はバルダーやアドーニスの神話と起原が同じであるから同じである、というであろう。第二に、クリスチャンたちの中には、異教の神話に否定的な反応をして、それらの神話を、人間を誤り導く悪魔的なもの、あるいは偽りの啓示とみなすであろう。これら二つの見解に反して、ルイスは、第三の見解として、異教神話をキリストにおける神の特別啓示のおぼろな前兆と受け止めているのである。

……それ【異教神話と受肉の違い】は偽りと真との違いではありません。一方に現実の事件を置き、他方に同じ事件のおぼろげな夢想、あるいは予感を置いた場合の違いです。何か徐々に焦点の定まるのをじっと見ている感じです。初めそれは、神話と秘儀の雲間に漂い、やがて凝縮し、固く、或る意味で小さくな

って、一世紀パレスチナでの歴史的事件となるのです。この、徐々に焦点を結ぶ過程は、キリスト教の伝統自身の内部でも進行します。旧約の最初の段階では、伝説的、あるいは神話的でさえあるとわたしが考える形で、雲間に浮かぶ多くの真理が含まれています。しかし、徐々にその真理は凝結し、ますます歴史になります。ノアの箱舟のようなことや、アジャロンに日が静止したことから、ダビデ王の法廷記録にいたるのです。ついに新約に達し歴史が完全に支配し真理は肉となるのです。「肉となる」というのはここでは単なる比喩ではありません。存在の観点から「神が人となった」という形で述べられることが、人間認識の観点からは「神話が事実となった」ということを含むということは、偶然の相似ではありません。すべての事柄の本質的な意味が、神話の「天」から歴史の「地上」に降り来たったのです。[26]

このように、ルイスは死んで甦り、それによって礼拝する者たちや自然の生を新たにし、変容する異教神話の神々を歴史において成就する真のキリストの予兆（神が人類に与えた良き夢）と考え、キリストの受肉を「神話が事実となった」出来事と言明するのである。

② 〈不滅の憧れ〉

もう一つのルイスの特異な啓示理解と考えられるのは不滅の〈憧れ〉ないし〈歓び〉（Joy）の経験である。この〈歓び〉のテーマはルイスがキリスト教に回帰してのち最初に発表した自伝的アレゴリー『天路逆程』（*Pilgrim's Regress*, 1933）の主人公ジョンの島への〈憧れ〉、作家としての円熟期に書かれたファンタジー『ナルニア国年代記物語』（*The Chronicles of Narnia*, 1950-56）の子どもたちのアスランおよびアスランの国への〈憧れ〉、『顔を持つまで』（*Till We Have Faces*, 1956）のプシケーの灰色の山の神への〈憧れ〉においてとくに色濃く描かれている。ルイスは彼の幼年時代と青年時代を通じて、無機的な自然と驚異的な文学によってこの特定の〈歓び〉が喚起されたと述べ[27]。この経験は激しい渇望［憧れ］の一つであり、それは二つの点で他の渇望［憧れ］と区別されると言って、つぎのように説明している。

第一に、その欠乏感は激しく苦しいけれども、それでもその欠乏そのものはなぜか一つの歓びであると感じられる。他の渇望は満足が近い将来に期待される場合に限って喜びとして感じられる。つまり、空腹感が喜びであるのはまもなく食べることができると知っている（あるいは信じている）時に限るのである。だが、私の言う渇望はその満足の可能性が全く望めないときにすらも重要なものであり続け、それを一度でも味わった者によって、全世界のどんなものよりも良いと思われるのである。この飢餓感は他のどのような満足よりも良いものであり、この欠乏状態は他のあらゆる豊かさよりも良いものである。したがってこういう事になる。もしもこの渇望がながいあいだ欠けるようになれば、それはそれじたいを渇望するということ、また、新たな渇望は最初の渇望の新たな要因になるということである。

第二に、この渇望の〈対象〉には特殊なミステリーがある。不慣れな人々（そして不注意のために生涯それを経験しない人々）がそれを感じるとき、彼らは自分たちが望んでいることが分かっていると思っている。たとえば、或る子どもが遠くの丘陵の斜面を見ているときにそれが生起すれば、彼はすぐさま「そこに行けたらいいのに」と考える。また、過去のなにかの出来事を思い出しているときにそれが生起すれば、「昔に戻ることができたらいいのに」と考える。あるいは、「危険な海や妖精の国」に関する〈ロマンティック〉な物語や詩を読んでいるときに、それが（すこしあとに）生起すれば、そのような場所が本当に存在していることを、また、そういう場所に到達できることを渇望していると考える。さらに、それがエロティックな暗示を伴うコンテクストにおいて（あとになってもなお）生起すれば、自分は完璧な恋人を希求しているのだと思う。（メーテルリンクや初期のイエイツのように）真剣な信念をある程度伴って精霊などを扱う文学を貪り読むとすれば、本物の魔法とオカルティズムを追い求めているのだと考えるかもしれない。歴史や科学の研究からそれが襲いかかってくれれば、それを知識を求める知的渇望と混同するかもしれない[28]。

だが、これらの印象のすべては誤りであり、渇望に対して想定されるこれらの〈対象〉のすべては渇望にとって不適切であると、ルイスは言う。その根拠は、ルイス自身がこれら偽りの解答の一つ一つに代わる代わる騙され、それらのひとつひとつを十分に熟考してその欺きを経験して学んだからである。「あまりにも多くの偽りのフロリメルを抱擁したことは自慢するような事柄ではない[29]」と彼は言明する。そして、ルイスは彼の言う渇望の対象と渇望の特質について次のように言い及ぶ。

もしもある人がこの渇望に誠実に従い、追い求めている対象が偽りの対象であることが分かったならば、それらを決然と捨て去って、現在の私たちの主観的かつ時空経験においては決して十分に与られていない、否、与えられていると想像すらできないなにかの対象を享受するために私たちは創造されたという、明瞭な認識に到達するに違いないということである。……〈渇望〉の弁証法に忠実に従うならば、あらゆる間違いを訂正し、あらゆる偽りの道に向かうことを阻止し、一種の存在論的証明を提出するのではなく生き通すように強いるのである[30]。

ルイスは、第一次大戦後の欧米の様々な知的運動全体が相互敵対的であったにもかかわらず、互いを結びつけたのは〈不滅の憧れ〉に対する共通の敵意だったと指摘し、フロイトやD・H・ロレンスの追従者たちによって行われた下からの直接攻撃に対しては多少のいらだちを覚えても忍耐できていたが、我慢できなかったのは上からの非難だった、と述懐する。ルイスが立腹したのはアメリカのヒューマニストたち、新スコラ哲学者たち、T・S・エリオットが創刊したイギリスの文芸季刊誌『クライティーリオン』に書いていた幾人かの発言だった。彼らは自分が理解していないことを非難しているとルイスには見えたのである[31]。

さらに、ルイスはこの特殊な経験について彼の自伝『不意なる歓び』（*Surprised by Joy*, 1955）の中につぎのように記している。

> それはそれ自体、いかなる満足よりもいっそう願わしい、満たされざる願望のそれである。わたしはこれを〈歓び〉と呼ぶ。それはこの本の中では一種の述語であって、幸福とも、快楽とも区別されなければならない。私が言う意味における〈歓び〉は幸福や快楽と一つの、そう、ただ一つの共通点をもっている。すなわち、いったんそれを経験した者は誰でも、もう一度それを味わいたいとつよく願うということである。そのことをべつにすれば、またその質だけを取り出して考えれば、それを特殊な種類の不幸や悲しみとさえ呼ぶことができるかもしれない。とはいえ、それは私たちが欲する類のものであり、それを一度でも味わったことがある者がもしも選択をする立場にあるならば、この世界のどんな快楽ともそれを取り替えたいとは思わないのではないだろうか。しかし快楽はしばしば私たちの意のままになるが、〈歓び〉は決して私たちの思うようにはならない[32]。

さて、このようにルイスが述べている〈歓び〉について分析してみるとつぎのように言えるであろう。〈歓び〉は不意に訪れてくるもので、束の間の出来事であって長く持続せず、いかなる満足感よりも願わしいものであるが決して満たされることがなく、その渇望は他のもので置換できず、人の意のままにならず、渇望の対象が何であるのか確定できないということであるが、ルイスは、この〈歓び〉の源泉、この〈憧れ〉の対象こそ他ならぬ究極的実在であり、〈憧れ〉はそこからの啓示、Ｐ・Ｊ・クリーフトの言う、神からの匿名のラヴレターであると認識したのである。[33]

なお、コルビン・Ｓ・カーネルはこの〈歓び〉をつぎのように説明する。「〈憧れ〉（*Sehnsucht*）はいくつかの構成要素から成り立っていて（憂鬱、驚異、熱望）といった異なる価値で現れるとしても、その多様なあらわれに対して基本的なのは渇望されるものからの根元的なずれないし疎隔感である」[34]また、カーネルは〈歓び〉を「真のアイデンティティーと故郷を見出すために人を絶え間なく駆りたてる、天の猟犬」と述べている。[35]

そしてルイスは〈歓び〉の対象は彼の精神と肉体では全然ないことを消去法によって証明しようとしたことが『不意なる歓び』につぎのように記されている。

……わたしは自分の心と体の中のすべてについて問うてみた。「おまえの願っているものはこれか？　これなのか？」と。そして最後にわたしは〈歓び〉そのものがわたしが願っていたものかと問い、それに審美的経験という名をつけて、「そうだ」と答えうるかのようなふりをした。しかしその答えも結局は崩壊してしまった。なぜなら〈歓び〉そのものが断固こう宣言したのだから。きみが求めているのは――わたしなのだ。きみとは違う他者、きみの外にあるもの。きみ自身でも、きみの体や心の状態でもないものだ」と。[36]

ルイスはこの段階で有神論を受けいれて、究極的実在は場所よりも人間のような存在であると認識し始め、最終的にキリスト教に回帰したのである。その後、ルイスは〈歓び〉を「それは他の、また外なる、なにものかを指し示す指標としてのみ、価値がある」[37]とみなしたのである。この意味で、ルイスが〈歓び〉を神の啓示とみなしていることは明らかである。それゆえに、ウィリアム・ルーサー・ホワイトはルイスが〈歓び〉を一種の存在論的証明と同定し、ルイスは〈歓び〉を古典哲学の意味での「神の証明」としてではなく、「神の実在の強力な証拠」として用いていると推量している。[38]なお、〈不滅の憧れ〉が別世界の消息を告げるものとのルイスの思いはつぎのような言葉に結晶化している。

もしわたしが自己の内部に、この世のいかなる経験も満たしえない欲求があるのを自覚しているとするなら、それを最もよく説明してくれるのは、わたしはもう一つの世界のために造られたのだ、という考え方である。[39]

ルイスは「キリスト教と文化」というエッセイにおいてヨーロッパ文学に現れた六つの価値として、名誉、性愛、自然に対する瞑想、物質的繁栄、本能の解放、そして、過去、想像上の超自然、遙かなものによって喚起される〈憧れ〉を列挙している。とすれば、ルイスが経験した〈憧れ〉は彼固有の経験であったのではなく、人々がルイスと同じような経験をしたことを意識しているか否かは別にして、その経験は多くの人々の経験でもあったとルイスは考えていたと言えるであろう。だからこそ、ルイスは自分自身の〈憧れ〉の経験の事実を基盤にして、読者の持つ同質の経験の意味を方向づけようとしたのではないかと私は考える。ルイスは、彼の作品を読む読者の中に、ジョンの〈島〉への〈憧れ〉を、ナルニアに導かれた子どもたちのアスランへの〈憧れ〉を、灰色の山の神へのプシケーの〈憧れ〉を媒介として、〈憧れ〉の源泉である究極的実在への〈憧れ〉を呼び覚まそうとしたのではないか。ルイスは、ヨーロッパ文学に繰り返し現われる主要な価値の一つである〈憧れ〉」を自らの想像的作品に組み込み、その作品が読者を楽しませながら、ある人々を〈憧れ〉の源であるキリストのもとへと連れていく初段階としての役割を果たすことを強く意識していたキリスト教徒作家であったのである。

以上、ルイスは異教神話ならびに〈不滅の憧れ〉を一般啓示とみなす立場に身を置いていることから明らかなように、彼は〈まじりけのないキリスト教〉の擁護者であるが、保守的福音派の陣営にとどまる教条主義的なキリスト教徒ではないと言っておくべきであろう。

1 C・S・ルイス『キリスト教の精髄』柳生直行訳、新教出版社、一九八八年。三頁。
2 C. S. Lewis. *Mere Christianity*, An Anniversary Edition, Edited and with an Introduction by Walter Hooper, 1981, p. Preface, xxxix.
3 『キリスト教の精髄』、五頁。
4 同前、七七頁。
5 "Mere Christians" in *God in the Dock*, ed. Walter Hooper (Grand Rapids, Michigan: Wm. Eerdmans, 1970), p. 336.
6 『キリスト教の精髄』、二五一頁。
7 同前、二五三―二五四頁。
8 同前、二五四頁。
9 Michael Christensen, *C. S. Lewis on Scripture*, (Waco: Word Books, 1979), p.21.
10 C・S・ルイス『痛みの問題』中村妙子訳、新教出版社、一九八七年（第一版四刷）。一九頁。
11 同前、八―九頁。
12 同前、一二頁。
13 同前、一四―一六頁。
14 同前、一六―一八頁。
15 『キリスト教の精髄』、九三頁。
16 『痛みの問題』、一八頁。
17 『キリスト教の精髄』、九三頁。
18 『痛みの問題』、一八―一九頁。

19 C・S・ルイス「神学は詩か?」西村徹訳、『栄光の重み』、新教出版社、一九七六年。七八頁。
20 C・S・ルイス『詩篇を考える』西村徹訳、新教出版社、一九七六年。一一二頁。
21 同前、一一二―一一三頁。
22 同前、一一七頁。
23 同前、一三三頁。
24 同前、一三七頁。
25 同前、一三八頁。
26 「神学は詩か?」、『栄光の重み』、七八―七九頁。
27 C. S. Lewis: *The Pilgrim's Regress*, 1933; rpr., 1977, Preface to Third Edition, (Fount Paperbacks), p.12.
28 Ibid., 12-13.
29 Ibid., p.13.
30 Ibid., p.15.
31 Ibid., p.16.
32 C・S・ルイス『不意なる歓び』中村妙子訳、すぐ書房、一九九六年。三〇頁。
33 P. J. Kreeft, 'A Man for All Time: C. S. Lewis Speaking to Our Culture Today,' from *Vision* magazine, The King's College, New York. <http://www.leaderu.com/philosophy/kreeftonlewis.html> (7/15/2008)
34 Corbin S. Carnell, *Bright Shadow of Reality*, (Grand Rapids: W.B.Eerdmans, 1974), p.15.
35 Ibid., p.44.
36 『不意なる歓び』、二八九頁。
37 同前、三一〇頁。
38 William Luther White, *The Image of Man* in C. S. Lewis, (Nashville: Abingdon Press, 1969), p.109.
39 『キリスト教の精髄』、二一三頁。

第三章　C・S・ルイスの信仰論Ⅱ

本章では前章の「信仰論Ⅰ」に引き続き、ルイスが言及している「神の存在証明」について提示していく。なお、すでに気づいておられる読者もいるに違いないと推察するが、筆者の目的は特定の神学的または哲学的視座からルイスの神学的言説を分析批評するものではなく、ルイスの信仰論の鳥瞰図を示すことにより、キリスト教弁証家としてのルイスについて検証しようとするものであることを、念のため申し上げておきたい。

第一節　哲学的な、神の存在証明の役割

ルイスは「有神論は重要であろうか？」（"Is Theism Important?", 1952）というエッセイの中で、神の存在証明について言い及ぶに先立って〈信仰〉という言葉の二つの意味を区別する。すなわち〈確固とした知的同意〉と、〈頭で存在を認めた神に対する信頼、あるいは信用〉である。[1] ルイスは前者の意味での〈信仰―A〉においては、神を信じるということは、自然の画一性を信じることや他者の意識を信じることとほとんど違いがないとし、この〈信仰―A〉は「概念的」「知的」「現世的」信仰と言われてきたものであるの対し、後者の意味での〈信仰―B〉は友人に対する信頼によく似ていると述べ、[2] これら二つの信仰の関係についてつぎのよ

うに補足説明する。

……Aの意味での信仰は宗教的状態ではないということは普通一般に認められているでしょう。「信じて、おののいている」（ヤコ二・一九）悪霊たちも、〈信仰―A〉はもっていました。神を呪い無視する人にも、〈信仰―A〉はあるかもしれません。神の存在を証明するための哲学的弁証論が意図するのはおそらく〈信仰―A〉を生むことでしょう。しかし、もちろんその弁証論を論じる人たちが〈信仰―A〉を生みたいと熱心になるのは、それが〈信仰―B〉に先立つ必須条件だからです。ですから、彼らの究極の目的は宗教的なのです。しかし、彼らの当座の目的、彼らが証明しようとしている結論は、宗教的ではありません。ですから、私は、彼らが宗教的ではない前提から宗教的な結論を引きだそうとしていると責められるのは、正しくないと思います。宗教的ではない前提から宗教的な結論を引きだすことは出来ないという、プライス教授の意見に私は賛成しますが、宗教哲学者たちがそのような試みをしているということを、私は否定するのです。[3]

とすれば、哲学的な神の存在証明の役割はなんであるのか。このことについて、ルイスは、つぎのように言う。

〈信仰―A〉はそれまではただ潜在的にかあるいは含みとしてのみ宗教的だったものを宗教的経験に変えるというのが、おそらく、もっとも真実に近い言い方でしょう。……私は、宗教的な証明は、決してそれ自体だけでは宗教には到らないというプライス教授の見解に賛成です。少なくとも何か疑似宗教的なものが既にあって、〈証明〉は、それが真の意味での宗教になるのを妨げている心理的抑制を取り除くのを助けるのです。[4]

つまり、神の存在証明という哲学的弁証論が目指すのは〈信仰―A〉を生み出すことであり、〈信仰―A〉はこれまでは潜在的にかあるいはただ暗黙裏に宗教的であったものを宗教的な経験に変えるということであって直ちに〈信仰―B〉を生み出すものではないということである。

第二節　神の存在証明

第一項　宇宙論的証明

リチャード・パーティル（Richard Purtill）は *C. S. Lewis's Case for the Christian Faith*（Harper & Row, 1981）[5]の中で、ルイスが宇宙論的証明を効果的でないと考えていることを、ルイスの教え子であったグリフィス宛の書簡―「宇宙論的証明はある時代のある人々にとっては効果的ではありません。私にとっては常にそうでした」[6]に見て取っている。また、ルイスは「第一原因」「最高の実在」「原動点」[7]を無味乾燥な哲学上の神と呼び、そのような神は、人間の接近を拒むというよりは、人を招かないと主張し、宇宙論的証明を否定的に受け止めているように見える。しかし、パーティルがルイスは宇宙論的証明を試みていないとする扱いは疑問である。なぜなら、ルイスは、〈宇宙論的な〉という言葉が〈宇宙の事実にもとづいて〉[8]という意味であるというまさにその点で宇宙論的証明を実際に展開しているからである。

宇宙論的証明は宇宙の説明と関係する。なぜ宇宙は存在するのか。それはどのようにして生起したのか。それは「今何かが存在するなら、それが無から生じるのでないかぎり、それは永遠なるものでなければならない」[9]という問いで始まる。では、永遠なるものと考えられるのはなんであろうか。この問い対して、ルイスは考えられうる三つの見解を提示し、そのうちの二つの見解、すなわち唯物論と創造的進化に反論し、宇宙を創造した永遠なる神に対する信仰へと人々を誘うのである。

まず、唯物論は、宇宙過程は永遠であって、それに始まりがあったという証拠はないと主張する。この宇宙観によれば、私たちが生活している世界はまったく偶然に生じたものであり、太陽系と地上の有機的生命と人間はたんなる偶然によって存在しているということなのである。これが唯物論の宇宙論である。だが、この見解は現代物理学によって拒否されているので、宇宙の説明としてはもはや納得がいかなくなっている。ルイスは「教義と宇宙」というエッセイにおいて、キリスト教の創造の教義と現代科学との関係についてつぎのように言う。

……現代科学は最近キリスト教と和合して、古典的な形式の唯物主義と袂を分かつようになりました。もし、現代物理学から明確になることがあるとすれば、それは、自然は永続しないということです。宇宙には初めがあったし、終わりもあるでしょう。しかし、過去の偉大な唯物論では皆、永続性が信じられていましたし、そこからまた、物質が、自己に存在基盤をもつ自立存在であるとも信じられていました。ウィッテーカー教授が一九四二年のリデル講義で語ったように、「創造の教義は、真面目に反論するに値したためしがない。世界が永遠の昔から多かれ少なかれ、現在と同じ状態にあったことを言えば、それが反論になる」と、考えられていたのです。こうした唯物論の基本的論拠は、今はもう取り下げられてしまいました。[10]

ルイスはこの文脈において熱力学第二法則に直接的に言及していないが、エントロピーの法則を認める超自然主義者として『奇跡論』（Miracles, 1947）では、さらに一歩進めてつぎのように言う。

……無機的段階においても、ひとたび無秩序が生起した場合、自然はけっして秩序を回復しないと言われている。トランプを〈切って〉しまったら、これを元どおりにすることは、自然にはできないとエディントン教授は言う。有機体がつねに無秩序に向かっていく宇宙に、私たちが住んでいるのは、そのためである。これら有機体および無気体の法則―逆転不能の（不可逆的？）死と、逆転不能の（不可逆的？）エントロピー―は聖パウロが自然の〈虚無〉と呼んでいるもののほとんど全体を意味している。すなわち、自然の無益さ、自然の荒廃がこれである。……

しかしエントロピーはその性格そのものによって、私たちの知っている自然においては普遍的法則であるかもしれないが、それが絶対的に普遍的ではありえないことも私たちに確信させる。……〈衰退しつつある〉自然は物語の全体ではありえない。時計はまず巻かなければ、止まることはない。……秩序を崩壊させる自然が、もし実在全体であるとしたら、自然は、崩壊させるべきその秩序をどこから獲得したのだろうか。[11]

このように従来の唯物論の論拠である宇宙の永遠性は現代物理学によって否定されたけれども、現代物理学は、それ自体で聖書の神を永遠なる存在と容認しているわけではない。今のところ、キリスト教の〈創造の教義〉の味方であるということにとどまる。

さて、生命の哲学あるいは創造的進化と呼ばれる見解もまた、聖書の神が永遠なる存在であることを否定する。創造的進化の見解を抱く人々は、「地球上の生命は小変異によって最も低級な形態から人間にまで「進化」してきたものだが、その小変異は偶然によるのではなく、生命力の「努力」ないし「意図性」による、と言う」[12]。これに対して、ルイスは生命の哲学の矛盾を指摘する。

……彼らが生命力と言う時、それは精神をもったものを意味するのかどうか、問わねばならない。そうだと答えるなら、「生命を存在せしめ、それを完成へと導く精神」は、実は、神であり、したがって彼らの見解は宗教的見解と同じものになる。これに反して、精神を持たぬと答えるなら、精神を持たぬものが、「努力」するとか「意図」を持つとか主張することに、いったい何の意味があるというのか。

かくのごとく、創造的進化の見解は、一方では宗教的であり、他方では唯物論的であるということで、論理矛盾であるとルイスは見ている。にもかかわらず、人々が創造的進化に大きな魅力を感じる理由があるのだとルイスは言う。

生命力はよく飼い馴らされた神のごときものである。必要な時にはボタンを押せば出てくるし、出てきても人を悩ますことはない。宗教のもつあらゆる感激を与え、しかも犠牲を全然求めない。生命力は、願望的思考がこれまでに成し遂げた最大の偉業と言うべきか[13]。

それゆえに、物質的宇宙も〈生命の飛躍〉も永遠なる存在ではない以上、なにかが永遠でなければならないとすれば、宇宙の創造者である聖書の神こそが宇宙についての唯一の納得いく説明であるとルイスは考えるのである。

第二項　目的論的証明

多くの神学者は聖書において目的論的証明が用いられている証拠として（新共同訳聖書による）「詩編」九四編九節―「耳を植えた方に聞こえないとでもいうのか。目を造った方に見えないとでもいうのか」を引用する。この聖句を引用するねらいは感覚器官の目的はそれらを造った合理的存在なしに説明できないことを示すためである。

さて、目的論的証明のデータは、宇宙内の観察される合目的性である。[14] ルイスはこの証明を数種類用いている。すなわち、自然とその創造者による証明、激しい願望あるいは憧れによる証明、理性による証明、そして〈善い夢〉の成就による証明―「善い夢とは、もろもろの異教に見られるあの奇妙な物語―神が死んで生き返り、その死によって、人間に新生命を与える、というあのおかしな物語のことである」[15]。

ルイスは『詩篇を考える』（*Reflections on the Psalms*, 1958）の「自然」の章で、詩編作者たちが偉業（結果）としての自然からその創造者（原因）としての神という証明を試みていることを指摘する。

創造のみわざを信じることの、もう一つの結実は、自然を単なる与件としてでなく、一つのいさおしと見ることである。詩編作者のなかには、ひたすらその堅固と恒久なることをよろこぶ者もいる。神はその労作に、自らの emeth（真理）の特質を与えていて、それらは、手落ちなく、誠に充ち、よるべとなり、少しも漠とした、あるいは幻に似たところはない。「そのすべて行い給うところは誠に充ち―エホバ言いたまえば行なわれ、命じたまえばしかと立てり」（三三・四、九）。その権能により（モファット博士訳による）「もろもろの山はかたく雄々しく据えらる」（六五・六）。神は大地の礎を完全無欠に定められた」（一〇四・五）。神は万物を堅固にして恒久なるものとし給い、おのおのの物の働きを区切る境を定められた（一四八・六）[16]。

これらの詩編において、創造された世界は神の永遠の力と神性の充分な証拠であるという言明が見られる。つぎに、激しい願望あるいは憧れの経験による証明は、すでに第二章第四項のルイスの特異な啓示観の「不滅の憧れ」において記述したが、ここで再度述べておきたい。この証明は、有限な対象によって満足され得ない激しい願望あるいは憧れが私たちのうちにあるとすれば、それを満足させるものが存在するという主張である。

……わたしたちは生物的な幸福では決して充たされぬ願望を意識し続けるのです。しかし、実在はそれに満足を与えると想像する理由はあるのでしょうか。「腹が減るということは、だからパンというものがあるということにはならない」と言います。しかし、これでは要点からはずれると言われるかもしれません。人間の肉体的な飢えは、だからその者はパンを手に入れるということにはなりません。彼は大西洋上の筏の上で飢え死にするかもしれません。しかし人間の飢えが、人間は食うことによってその体力を回復し、食物の存する世界に住む種族であるという証拠になることは確かです。同様に、わたしの天国への願望が、わたしがそれを享受するだろうという証拠になるとは信じませんが（信じられるといいのですが）、それはそういうものがあるということ、それを享受する人もあるということの、かなり確かな徴だとは思うのです。男は女に恋しても彼女をわがものとはできないかもしれません。しかしもし、「恋に落ちる」という現象が性のない世界に起きたとしたら変な話でしょう[17]。

これは、私たちの心の中にある神の観念が私たちを取り巻く世界—見た目には〈実世界〉—の経験にもとづいて説明できなければ私たちの経験世界を超越するなにかによって説明しなければならない[18]とするので本体論的証明とみなせるが、この世の何ものによっても満足させることのできない人間の経験の事実を宇宙の目的の観点からルイスが解釈していると考えられるので、まぎれもなく目的論的証明の一つであると言えるであろう。

つぎに、理性の存在を根拠とする証明は、単純かつ強力なものである。すなわち、私たちの精神が究極的実在にとってまったく異質なものであるならば、私たちの思考は、この思考をも含めて価値がない。したがって、論理あるいは私たちの精神は究極的実在に根ざすものであることを認めなければならない。

一般に、人間の思考は世界に対して関連性がなく主観的であるとして無視できるかどうかという問いに対し、ルイスは「すくなくとも一種類の思考—論理的思考—は実在世界に対して主観的で無関係であり得ない。なぜなら、思考に価値がなければ、わたしたちは実在世界を信じる理由がないからである[19]」と答え、つぎのように言う。

私たちは推論によってのみ真の世界に関する知識を得ます。私たちの思考が関連性のないとするまさにその対象は私たちの思考の有効性に依存しています。推論の有効性に依存してのみ信じられる宇宙の主張は推論が無効であると私たちに言いはじめてはなりません。そんなことをすればまったく無意味になるでしょう。私の結論は、論理は真実が存在しなければならない方法に対する真の洞察なのです。別の言い方をすると、思考の法則は事物の法則です。はるか彼方の時空の事物の法則でもあるのです[20]。

論理的思考によってこそ、わたしたちは世界についての概念全体を構築する。その逆ではない。理性は出発点である。それは世界についての概念の前に与えられている。理性が客観的であるのは、思考が厳密に合理的であるところにおいてはそれは私たちのものではなく、宇宙的あるいは超宇宙的であるからである。だが、物質的自然は精神を生み出すことはできず、理性は世界を超越したものでなければならないのである。「人間の思考は神の思考ではなく、神によって点火されただけのものである」[21]。

〈善い夢〉の成就、あるいは死んで甦る神の神話は、ルイスの特異な受肉理解、すなわち歴史におけるイエス・キリストの理解を反映するものである。

キリスト教の心臓部は、神話であり、また同時にひとつの事実なのです。死んではまた生き返る神の、あの、古い神話が、あくまで神話であり続けながら、天の伝説と想像力の世界から地上の歴史に降りてきたのです。それは、現実に起こったことなのです。―ある一定の時に、ある一定の場所で、はっきりと示し得る歴史的結果を伴って起こったのです。私たちは、バルダーやオシリスのように、いつどこで死んだか分からない神から、（すべてなるべきように）ポンテオ・ピラトのもとで十字架にかけられた歴史的「人物」へと、移るのです。それは、事実になることによっても神話でなくなったりはしません。そこに奇跡があるのです[22]。

議論は明快である。歴史の目的は異教神話における〈善い夢〉の完全な成就であるキリストの受肉ということである。人間の歴史における神の訪れはそれ自体で私たちを聖書の神の受容に導くものであるとルイスは考えていたのである。

第三項　道徳的証明

ルイスは道徳的証明について『キリスト教の精髄』でかなり長い議論を展開している。彼は私たち自身と私たちが住む世界に関する明晰な思考のすべての基盤である二つの事実を指摘する。「第一に、地上に住むすべての人間は、ある特定の仕方で行動すべきであるという奇妙な考えを持っており、この考えを全く取り除いてしまうことはできないということ。第二に、彼らは、実際には、そのように行動していないということ。つまり自然の法則を知ってはいるが、これを破っているということ[23]」である。ルイスはこの二つの事実に関する確かなデータを提供しようとする。

まず、第一の事実について、ルイスは喧嘩の例を挙げる[24]。人々が喧嘩をするとき、双方とも相手が知っていると期待するある種の行動の基準に訴えようとするように見える。喧嘩は相手が間違っていることを示そうとすることだから、両者が正邪についてなんらかの同意がなければ、相手の誤りを指摘することは無意味であろうと言う。実際のところ、もしも人々がある種の法則やフェアプレーのルールや道徳を持たなければ人間的な意味で喧嘩をすることはできないのである。この正邪の規則ないし法則は自然の法則と呼ばれた。ルイスはつぎのように言う。

この法則が自然の法則と呼ばれたのは、人間ならだれでもこれをひとりでに知っており、わざわざ教える必要はない、と考えられたからである。むろん、世の中にはこの法則を知らぬ奇妙な人間は多少いる。……しかし、人類全体から見れば、人間的に正しい行為が何であるかは、だれにとっても明白である、と昔の人たちは考えたのである。そして、この考え方は正しかったとわたしは思う。

もしそれが正しくなかったら、われわれが戦争について語ったことはすべてナンセンスになってしまっただろう。正しさというものが真実に存在するものであり、ナチの連中も心底では、われわれ同様、それを知っており、したがって彼らもそれを実践すべきであった、という前提がもしなかったら、敵は間違ったことをやっているなどと言ってみたところで、いったい何の意味があっただろうか。われわれが「正しさ」という言葉で意味するものを、彼らが全然知らなかったとしたら、（それでもわれわれは戦いつづけなければならなかっただろうが）彼らの侵略行為を非難することはできなかっただろう。[25]

しかしながら、ある人々は、異なる文明と時代の道徳はまったく異なるものであったから、すべての人々に知られている正邪あるいは自然の法則という考えは虚偽であり不健全であると主張する。だが、これは真実ではない、とルイスは反論する。

……もろもろの道徳の間にはいろんな違いがあった。しかし、それが全面的相違とでも称すべきものにまで達したことは、かつて一度もなかった。煩をいとわずに、古代エジプト、バビロニア、ヒンズー、シナ、ギリシア、ローマの道徳的教訓を比較してごらんになるといい。それらがお互いに、またわれわれ自身の道徳に、はなはだよく似ているのに一驚を喫せられることだろう。わたしもそのような類似を示す実例を若干集めて『人間の廃絶』（*The Abolition of Man*, 1943）という別の本の付録[26]にまとめておいた[27]……

また、ルイスは別の例をあげる。ある人々は、真の正邪などというものを信じないと言う。だが、実際は、そのように言う人々でさえも品位ある行動の法則を実際には信じているのである。彼らのうちの誰かが約束を破るかもしれない場合、彼に対して他の人が約束を破ろうとするなら、彼は直ちに「フェアじゃないね」と不満を言うであろう。これは彼が実際にある種の基準を認めているということを意味する。なぜなら、非難それ自体は正邪の概念を暗に前提としているからである。[28]

第二の事実は、私たちが誰一人として正邪の法則を実際には守っていないということである。このことは、他者から当然のこととして期待される行動ができなかったことに対して私たちが言い訳をしがちであるという事実によって証明される。言い訳それ自体は私たちが品位ある行為の法則を守ることに失敗しているということ、また私たちが人間性の法則を深く信じていることを示すものだからである。この人間性の法則、すなわち道徳律は、本能の一つでも一連の諸本能でもなく、「それは諸本能を指揮して、ある音楽（つまり、善行とか正しい行為とかいう音楽）を演奏させるものなのである」[29]とルイスは明言する。

さらに、ある人々は道徳律は教育によって植え付けられた社会的しきたりではないのかと言う。これに対してルイスはつぎのように反駁する――わたしたちは両親、教師、友人、書物から多くの物を学ぶことは確かであるが、学んだ事柄は単なる人間の慣習であるということにはならない。事の真相は、私たちが学ぶ事柄には二種類あり、一つは左側通行のように単なるしきたりにすぎず、右側通行にしても問題ないというもの、もうひとつはそのように勝手に変えることのできない不動の真実で、たとえば数学がそれである。そして、ルイスは、人間性の法則は数学と同じ部類に属すると述べ、その理由は二つあると言う。理由の一つは、道徳観念は時代や国によってそれぞれ違うが、その違いは、実はそれほど大きなものでなく、同じ法則がそれらすべてを貫いているのを見ることができる、が、これに反して、単なる社会的しきたりである交通規則、衣服の種類は多種多様であるということ。もう一つの理由は、ある民族の道徳と他の民族のそれとの違いを考える場合、わたしたちは一方の民族の道徳の方が他方の道徳よりも良いとか悪いとか考えるように誘われるであろう。そう感じたり言ったりした瞬間、私たちは事実としてある基準によって両者を判断しているのである。だが、両者の道徳を判断する基準はどちらの道徳とも異なるなにかであるに違いない。実は、わたしたちは両者の道徳を真の道徳と比較しているのであって、この真の道徳こそが私たちが反応している客観的原理なのである。したがって、道徳律は教育によって植え付けられた社会的しきたりではないのである。[30]

ルイスによれば、人間性の法則あるいは道徳律がたんなる幻想でないのは、一つには私たちがこの考えを拭い去ることができないからであり、また一つには、私たちが人々について言ったり考えたりする多くのことが、もしもこの考えを拒絶すれば無意味になるからであり、したがって、私たちは正邪の法則あるいは道徳律が実在するものであると認めなければならないのである。私たち自身の基準が私たちのもの以上の何かであると考えないなら、その基準を正当なものとみなすことはできないであろう。「人間の行為というふつうの事実を超えながら決定的に実在的なもの—われわれが造ったのではないが、われわれに向かって押し迫ってくる真実の法則—を認めざるを得ない[31]」とルイスは主張する。

以上、道徳律についてのルイスの議論から言えるのは、宇宙の背後にある存在あるいは究極的実在は正しい行為—フェアプレー、非利己的であること、勇気、信義、誠実に強い関心があるということである。その意味で、道徳的証明は神は善であると得心させようとするものである。

第四項　本体論的証明

本体論的証明はカンタベリーのアンセルムの『プロスロギオン』に由来するもので、以下のように定式化される—①「神」は考えられる最も偉大な存在である。②思惟のみにおいてよりも実在においてかつ思惟において存在することはもっと偉大である。③したがって、「神」は実在においてかつ思惟において存在する。[32]ある神学者はつぎのように言う—「本体論的証明には二つの形式がある。すなわちアンセルム、ライプニッツ、デカルトによって提出された演繹的方式とデカルトによって朧に示唆された帰納法的方式[33]」である。この分類によれば、ルイスは演繹的証明を拒否し、帰納法的方式を認めているように思われる。帰納法的な本体論的証明は神の観念はその原因として神が在るに違いないと主張する。本体論的証明に関するルイスの見解は一九三一年一〇月二四日の兄ウォレン宛の手紙に見て取れる。

……もしも誰かが、人間の心のうちにある神の観念は、神の存在を証明するかどうかとわたしに問うのなら、わたしは「だれの観念?」ときくだけです。たとえばThistle's Birdの観念でないことは明らかです。なぜなら、その観念には彼自身のプライド、恐れ、悪意が神の観念の素材を容易に供給できないものはなにも含んでいないからです。

他方、ある人々の心の内にある〈神の観念〉は単なる抽象的定義ではなく、彼ら自身の供給源を超える善や美という真に想像的な認識を実際に含むということは確証できます。そしてこれはすでに神を信じている人々の頭のなかだけではありません。生涯にわたって、自然、音楽、詩の経験において、モリスの「太陽の東と月の西の国」といった表面上は非宗教的な形においてさえ人の心に望ましいものとおもわれてきた〈朧な何か〉、有限な対象が満足さえ得ないない渇望を喚起する〈朧な何か〉は、私たち自身の心の産物ではあり得ないように私には思われるのです[34]。

ここに見られる論理は、筆者が目的論的証明として分類した激しい渇望ないし憧れからの証明と同じである。すなわち、私たちの心のなかにある憧れあるいは渇望はその神的な源泉を示唆するように、私たちの心の中にある神の観念が私たちを取り巻く世界―見た目には〈実世界〉―の経験にもとづいて説明できなければ、それは私たちの経験世界を超越するなにかによって説明しなければならないということである。
ところで、ルイスは一九六三年十月二十六日付けのミセス・ウォーナーへの手紙で「わたしは子どもたちにとってふさわし形で「本体論的証明」を分かりやすくしたのです[35]」と述べている。ルイスは『銀のいす』十二章の「泥足にがえもん」において本体論的証明を導入しているのである。
夜見の国の女王はつぎのように言う。

……あなたがたは、ランプを見て、それよりも大きくてすばらしいもののことを考えて、太陽と言いましたね。いまは、ネコを見ていたところからネコより大きくて強いものがほしくなって、ライオンといったのでしょう？　まあね、正直に申し上げれば、それはただの、うそっこです。みなさんがもっとお小さければ、うそっこをして遊ぶのもいいでしょう。でも、このほんとうの世界、ここだけがこの世でただ一つの世界であるわたくしの国から、何かをまねして想像しなくては、うそっこもなりたたないじゃありませんか。……ナルニアはありません。地上の世界はありません。空も太陽も、アスランもありません[36]。

これに対して、泥足にがえもんはつぎのように魔女に応酬する。

「ひとこと申しまさ。あなたがおっしゃたことは全部、正しいでしょう。……けれどもそれにしても、どうしてもひとこと、いいたいことがありますとも。よろしいか、あたしらがみな夢をみているだけで、ああいうものがみな――つまり。木々や草や、太陽や月や星々や、アスランその方さえ、頭のなかにつくりだされたものにすぎないと、いたしましょう。たしかにそうかもしれませんよ。だとしても、その場合ただあたしにいえることは、心につくりだしたものこそ、じっさいにあるものよりも、はるかに大切なものに思えるということでさ。あなたの王国のこんなまっくらな穴が、この世でただ一つじっさいにある世界だ、ということになれば、やれやれ、あたしにはそれではまったくなさけない世界だと、やりきれなくてなりませんのさ。……あたしは、アスランの見方でさ。たとえいまみちびいてくれるアスランという方が存在しなくとも、それでもあたしは、アスランを信じますとも。あたしは、ナルニアがどこにもないということになっても、やっぱりナルニア人として生きていくつもりでさ。[37]」

ここまでルイスにみる神の存在証明についての様相を見てきたところで言えることは、哲学者でもあるルイスが四種類の神の存在証明に関心を寄せていた事実を確認できたこと、なかでも〈激しい願望あるいは憧れによる証明〉と〈善い夢〉の成就による証明がルイスに特有の証明であり、その二つはルイスの啓示理解と通底するものであること、『ナルニア国年代記物語』に、子どもたちは気づかないであろうが、本体論的証明を入れ込んでいるということである。畢竟するに、ルイスにおける神の存在証明は、「確固とした知的同意」としての信仰を生み出す営みであり、神の存在と神への信頼の道備えであると言って差しつかえないであろう。

1　C・S・ルイス「有神論は重要だろうか?」『偉大なる奇跡』本多峰子訳、新教出版社、一九九八年。二三九頁。
2　同前、二三九頁。
3　同前、二三九―二四〇頁。
4　同前、二四一頁。
5　Richard Purtill. *Lewis's Case for the Christian Faith*. Harper & Row. 1981, pp.16-17.
6　C. S. Lewis: *The Collected Letters of C. S. Lewis*, Vol. Ⅲ, ed. Walter Hooper（HarperCollins *Publishers*）, p.195.
7　「有神論は重要だろうか?」『偉大なる奇跡』、二四一頁。
8　J. Oliver Buswell. *A Systematic Theology of the Christian Religion*.（Grand Rapids: Zondervan Publishing House, 1981）, p.82.
9　Ibid.p.82

10 「教義と宇宙」、『偉大なる奇跡』、三四頁。
11 C・S・ルイス『奇跡論——一つの予備的研究』柳生直行・山形和美訳『C・S・ルイス著作集』第二巻、すぐ書房、一九九六年。
二六一—二六二頁。
12 C・S・ルイス『キリスト教の精髄』柳生直行訳、新教出版社、一九七七年。五九頁。
13 同前、六〇頁。
14 J.Oliver Buswell. *A Systematic Theology of the Christian Religion*, p.85.
15 『キリスト教の精髄』、九二頁。
16 C・S・ルイス『詩篇を考える』西村徹訳、新教出版社、一九七六年。一〇九頁。
17 C・S・ルイス『栄光の重み』西村徹訳、新教出版社、一九七六年。一二一—一二三頁。
18 Richard Purtill. *C. S.Lewis's Case for the Christian Faith*. Harper & Row, 1981, p.15.
19 C. S. Lewis. *Christian Reflections*, ed. by Walter Hooper,W. B. Eerdmans, re.1985, p.63.
20 Ibid, pp.63.
21 『奇跡論——一つの予備的研究』、五八頁。
22 「神話は事実になった」、『偉大なる奇跡』、七八頁。
23 『キリスト教の精髄』、三三二頁。
24 同前、一二五—一二七頁。
25 同前、一二八頁。
26 C. S. Lewis. *The Abolition of Man* (London:Geoffrey Bles, 1946; Macmillan Paperbacks, 1965), p.95-121.
27 『キリスト教の精髄』、一二九頁。
28 C. S. Lewis. *Christian Reflections*, pp.65-66.
29 『キリスト教の精髄』、三七頁。
30 同前、三八—四一頁。
31 同前、五〇頁。
32 C. S. Lewis: *The Collected Letters of C. S. Lewis*, Vol. Ⅲ, ed., Walter Hooper (Harper Collins *Publishers*), p.1472.
33 J. Oliver Buswell. *A Systematic Theology of the Christian Religion*, p.93.
34 C. S. Lewis: *The Collected Letters of C. S. Lewis*, Vol. Ⅱ, ed., Walter Hooper (HarperCollins *Publishers*), p.7.
35 Ibid., p.1472.
36 C・S・ルイス『銀のいす』瀬田貞二訳、岩波少年文庫、二〇〇〇年。二六五頁。
37 同前、二六八—二六九頁。

第四章　〈まじりけのないキリスト教〉と異なる諸見解

本章では、キリスト教弁証家としてルイスが依拠する〈まじりけのないキリスト教〉と異なる諸見解を確認するために、ルイスの『奇跡論―一つの予備的研究』、『被告席の神』、『キリスト教の精髄』、『神と人間との対話』に見られる卓見に寄り添いながら、自然主義、汎神論、二元論、神秘主義、理神論についてのルイスの考察を要約提示することとしたい。

第一節　自然主義

第一項　自然主義の主要な構成要素としての唯物論

唯物論とは存在するものは物質的実体のみであるという哲学である。宇宙と地上の生命の起源についてということになれば、唯物論の主張では、太陽系とこの惑星の有機的生命は偶然的な星の衝突によってもたらされたのである。ルイスはつぎのように言う。

……この〈唯物論的〉見解を採るものは次のように考える。なぜか分からぬが、物質と空間が偶然に存在し、今までずっと存在してきた。そしてその物質がある特定の仕方で運動することによって、たまたま、まぐれ当たり的に、物を考えることのできるわれわれのような生物を生み出した。千に一つの偶然によって何かが太陽にぶつかり、そこからいくつかの惑星が作り出された。それからまた千に一つの偶然によって、生命に必要な化学物質と適温とがそれらの惑星の一つに出現し、かくしてこの地球上の物質のあるものが生命を持ちはじめ、さらに、長期にわたる偶然の連続によって、生物がわれわれのようなものへと発展してきたのである、と。[1]

したがって、唯物論では宇宙を創造した神は存在しないということである。この意味で、唯物論は自然以外にはなにも存在しないと断定する自然主義と同じである。創造者なる神の存在の否定とともに、宇宙に対する唯物論的見解は、何ものも外部から宇宙や自然に侵入することができないことを含意しているがゆえに、必然的に超自然を排除するのである。だから、唯物論者がどのような経験をしようとも、それらを奇跡的なものと見なすことはしないだろう。彼は初めから、超自然を信じていないからである。それゆえ、唯物論は、創造者なる神と超自然を否定するという意味で、自然主義の真の基盤なのである。

第二項　自然主義と超自然主義

自然主義と超自然主義は宇宙に関する二種類の思想である。両者とも「なにかがそれ自体で存在する」という〈事実〉に関しては同意するのであるが、両者はこの〈事実〉に対する見解については同意しないのである。自然主義者は自然以外になにものも存在しないと信じるが、超自然主義者は、自然の他に、なにかほかのものが存在すると仮定する。自然主義者にとって、究極的事実はそれ自体続行している時空内の巨大なプロセスである。これに対して、超自然主義は、それ自身で存在するところの、唯一の基本的な〈もの〉が、他のあらゆるものを存在せしめていると考えるのである。

ただし、自然主義と超自然主義の違いは神の存在を信じることと信じないことの違いである必要はなく、自然を超越した神と自然に内在する神との違いであろう。自然主義が全プロセスから生起する自然に内在する神を受け入れるのは、そのような神は自然の外に立つ神ではなく基本的な〈事実〉が含んでいる事物の一つにすぎないからである。だが、繰り返して言えば、自然主義者は、自然の外に立ち、自然を創造した神が存在することは認めない。換言すれば、自然主義者は唯物論者と同様に、超自然主義者が受け入れる創造者なる神という見解を拒絶するのである。

さて、超自然主義が真であるなら、自然は超自然や奇跡から安全ではいられない。自然が唯一存在するものではないからである。他方、自然主義が真であれば、自然がすべてであり、なにものも外から自然の中に入り込むことができないので、超自然は不可能である。

第三項　自然主義の論理的、実際的難点

もしも自然体系の外になにかがあることが示されるなら、自然主義はその基盤を失うであろう。ルイスは、自然主義の観点から説明するのが困難であることが少なくとも二つあると指摘する。一つは人間精神の問題であり、もう一つは道徳的判断の問題である。

もしも私たちが推論の価値を疑うなら、そのことを推論によって立証しようとすることは無駄である。だが、自然主義者はこの種の自己矛盾的な論法を用いているとルイスは見ている。理性は歴史的プロセスによって存在するようになったと自然主義者は想定し、断定する。自然主義者にとって、人間精神は本質的に自然のプロ

セスによるものであるので合理的なものではない。だが、もしも人間精神がたんに自然なものあるいは偶然の副産物であるなら、自然主義者の思考が真であると私たちはなぜ信じなければならないのか。ルイスは「一つの偶然がその他すべての偶然について正確な説明を私に与えることができると信じる理由は私には理解できない」と言う。[2] 要するに、自然主義者は人間精神の不合理性を証明するために合理的な理性を用いるという矛盾に陥っているのである。人間精神に対する自然主義的見解について、ルイスは「それはいかなる主張も妥当でないことを証明する主張――そのような証拠はどこにもないという証拠――それはまったくナンセンスである。」と一蹴する。

ルイスは、人間精神に対する自然主義的見解に抗し、人間精神ないし思考は自存的であり、自然は合理的な思考を生み出すことはできないと主張する。さらに、彼は、〈理性〉の起源は超自然的源泉にあると言明する。

しかし、いかなる思考にせよ、それが有効であるとするならば、そのような理性は存在しなければならないし、また私自身の不完全かつ断続的理性の根源でなければならない。とすれば、人間精神は存在する唯一の超自然的実体ではないことになる。人間精神は無から生じたのではない。超自然から自然のなかへ入ってきたのだ。つまり、それは私たちが神と呼ぶ永遠的、自立的、理性的存在の内に直接の根をもっているのである。各個人の精神は横枝であり、超自然的実在が自然のなかに侵入するその最前線である。[3]

第四項　自然主義のもう一つの難点

さて、ルイスによれば、自然主義にはもう一つ難点がある。それは善悪の観念あるいは道徳的判断、すなわち、良心の問題である。自然主義者によれば、人間の良心は自然の産物であり、善悪についてのすべての観念は根拠のない誤った考え、幻影である。もしもこの見解が真であれば、私たちがなんらかの道徳的行為を実践する論理的必要性はなにもない。だがしかし、実際には、自然主義者たちは私たちに「子孫のために働けと勧め、教育・革命・粛正を説き、人類のために生きまた死ね、と命じるのである。[4]この態度もまた一つの道徳的判断であり、したがって、自然主義は自己矛盾に陥っているということになる。この点を踏まえて、ルイスはつぎのように言う。

私たちが道徳的判断を下し続けるとすれば（事実、誰が何と言おうと私たちはそうし続けるであろう）、私たちは、人間の良心は自然の産物ではないと信じなければならない。良心は何らかの絶対的道徳的叡智、絶対〈自立的に〉存在し、道徳と無関係な非理性的自然の産物ではない道徳的叡智から派生したものであるときにのみ有効でありうるのだ。[5]

第二節　汎神論

汎神論は、宇宙、実在全体が神であり、神は善悪を超越しているという見解である。ルイスはこの見解を「私たちの時代の受けがよい〈宗教〉[6]」と呼ぶ。

第一項　汎神論に関する歴史の真偽

現代精神は、汎神論の方がキリスト教よりもずっと開けている、[7]と主張する。この見解は宗教史についてのありもしないイメージに基づくものであろう、とルイスは見る。このイメージによれば、原始的な段階において、人間は、自然現象を説明するために〈諸霊〉を発明し、それらを自分自身とそっくりであると考えた。もっと開けた段階では、諸霊は人間らしさを薄められ、神人同形的なものでなくなるように変えられた。この神人同形的属性がひとつひとつ削ぎ取られていく。その除去プロセスは人間の形と人間の情念から始まり、最後的には具体的、積極的属性に至り、最終的段階において、純粋な抽象だけが残されたのである。なにがしかの人間的属性の完全な喪失とともに、神は単に〈全体系〉になる。現代精神は、最後の段階をもっとも洗練されたものと見なし、この〈宗教〉こそはキリスト教よりも深く、霊的で、開けていると結論づけるわけである。

だが、汎神論の歴史に関するこの見解は想像上の宗教史に過ぎない、とルイスは述べ、汎神論は洗練された最終的な宗教ではない、それどころか、それはもっとも原始的な宗教でさえあるだろう、と言う。[8] 汎神論が現代人に合っているのは人間の存在とほぼ同じように古いものだからであるとルイスは賢察し、宗教史をひもとけば、汎神論に抗することのできるのはプラトン哲学、ユダヤ教、そしてキリスト教だけであることがわかるとし、汎神論の起源はおそらく古代ギリシア、古代ローマ、そして古代インドまでさかのぼると言明したあと、ルイスはつぎのように言う。

汎神論は、インドでは太古からあったものである。ギリシア人はその最盛期にあってプラトンおよびアリストテレスの思想において初めからこれを克服したが、彼らの後継者たちは逆戻りして、ストア派のある偉大な汎神論的体系に陥ってしまった。近代ヨーロッパはキリスト教が優勢であったときだけこれを免れていたが、ジオルダーノ・ブルーノおよびスピノザとともにそれがふたたび戻ってきた。ヘーゲルとともに、それは高度の教養を持つ人々の、ほとんど一致した哲学となる一方、ワーズワス、カーライル、およびエマソンのより通俗的汎神論は、やや教養の劣った人々に同一の教養を伝えた。[9]

したがって、ルイスによれば、汎神論はゆっくりとした開化のプロセスの最終段階ではなく、「人間精神の恒久的な自然の傾向」[10]であり、このことこそ、汎神論が現代人に合っている理由なのである。事実、宗教史は、人間精神は放っておかれれば自動的に汎神論に陥ることを示している。キリスト教は、神が人間について行うことであって、人間が神について言うことではないという意味で、キリスト教は汎神論に対する唯一の恐ろしい反対者なのである。

現代哲学はヘーゲルを拒絶し、現代科学は宗教になんら好意を抱いていないが、現代の哲学と科学は人間精神が汎神論の方へ向かうのを抑制できていない。汎神論は様々な形をとり、それは神智学、生命力の崇拝、民族精神などである、とルイスは主張する。[11]

第二項　汎神論の疑わしい信任状

汎神論者たちの主張するところによれば、汎神論は大人の宗教概念であり、それに比してキリスト教はあまりにも単純である。これは真ではないのだが、人々は汎神論を洗練された大人の宗教であるとみて、ルイスはつぎのように言う――これは、彼らが汎神論についての大人の知識と彼らが幼年時代に得たキリスト教についての知識を無意識に比較していることによるのである。彼らは、六歳の子どもにふさわしいキリスト教に関する説明を取り上げて、それを攻撃対象とする。かくて、彼らは、キリスト教は神について明白な説明を与えるにすぎないのに対し、汎神論は神について崇高で深いなにかを提供すると結論づける。[12]だが、事の真相は逆で、キリスト教は、複雑であるほかに、私たちが想像もできそうにない実在を提供する。それゆえ、キリスト教は汎神論者の神観念に対する自然の期待を修正しなければならないのである。

ルイスの説明はこうである。[13]汎神論者もキリスト教徒も神が遍在すると信じている。汎神論者たちは「神は万物のうちに〈広がり〉、もしくは〈隠れて〉おり、したがって、具体的実体であるよりもむしろ普遍的媒体である」と考えている。これに対して、キリスト教徒たちは「神は時空のすべての点に全的に存在するが、〈部分的に〉はどこにも存在しない」と主張するのである。汎神論者もキリスト教徒も「みな神に依存しており、神と密接に関係していると考える点で一致している。しかし、キリスト教徒はこのことを創造主と被造物との関係として規定するのに対して、通俗的な汎神論の信奉者は、私たちは神の〈部分〉あるいは神の内に包まれていると主張する点で、両者には違いが見られる。

汎神論者とキリスト教徒は、神は超人格的であると考える点でも一致している。しかし両者が〈超人格的〉という言葉の内実の違いについてルイスはつぎのように言う。

> これ〈超人格的〉によってキリスト教徒は、神は予測しえない積極的な構造を持つということを意味する。その予測不可能なことは、あたかも正方形に関する知識では立方体の存在を予測しえないのと同じである。神は一人の神でありながら、複数の〈人格〉（それを三つ）含んでいる。ちょうど、一箇の立方体が一つの個体でありながら、六つの正方形を含んでいるように。私たちは、このような構造を理解することはできない。それは、平面的世界の住人にはおそらく立方体を理解することができないのと同様である。しかし、私たちは少なくとも私たちには理解できないということを理解し、人格を超えたものがあるとすればそのように不可解であるはずだと理解することはできる。これに反して、汎神論者は〈超人格的〉と口では言うかもしれないが、実は神を人格以下のものとして考えているのだ——あたかも平面的世界の住人が立方体が正方形よりも少ない次元において存在すると考えるように。[14]

汎神論とキリスト教の似て非なる点を、ルイスはさらにつぎのように説明する――キリスト教は、「汎神論の得意とする形なき概括に積極的、具体的、高度に明確な、ある性格を持つものについての、具象的叙述を、置き替えなければならないのである。[15]」

第三項　汎神論の誤りの主因

多くの人々は神は〈生ける神〉ではないと主張しがちである。その理由は多くの人々は、預言者たちや聖人たちと違って、最高度のレヴェルにおいて積極的、具体的である神についての直感を有していないという事実にある、とルイスは言う。預言者たちや聖人たちが「神は私たちが人格、情念、変化、物質性と呼ぶ限定を超越している[16]」と明言する理由は神が生命とエネルギーと喜びに満ちている瞬間を彼らが経験しているからである。彼らの言明が意味するものは、あらゆる否定的言辞は限定を超越する神ご自身の積極的な特質に依拠しているということである。しかしながら、私たちが知的かつ開けた宗教を作り上げようとするとき、無限、非物質的、無感動、不動といった、積極的直感によって抑制されない否定的言辞を用いる傾向がある。こうした否定的言辞のみに依拠することは必然的に神観念から人間的な属性を絶えず剥ぎ取るようになるのである。[17]

わたしたちの神観念からちっぽけな人間的性格を取り除いたのち（たんに学識ある、あるいは知的な探求者としての）私たちは、それに代わるべき目もくらむばかりの現実的かつ具体的な神の属性を供給しようとしても、その供給源を持っていないのである。こうして、私たちの神観は、洗練の度を深めるごとにいっそう内容が空虚となり、あの致命的なイメージ（無限の沈黙せる海のないあらゆる星の彼方の空虚なる空、青白く輝く円蓋）が入り込んできて、私たちはついにたんなるゼロに達し、実体のない物を拝むことになるのである。[18]

一方において、キリスト教は聖書における神人同形的イメージの使用の重要性を認めているが、その理由は抽象的な思考によって雲散霧消する〈生ける神〉という神観を保持する助けとなるからである。

ところで、汎神論の魅力は汎神論の神がなにもせず、なにも要求しないという点である。つまり、汎神論の神は、安全な神、あるいは飼い慣らされた神であるので、私たちを追い求めることをしないであろう。人間精神の恒久的な自然の傾向は安全でいたいがために、フランシス・トムスンの詩に見られる〈天の猟犬〉を殺そうとするが、まさにその衝動こそが逆説的に生ける神という神観を裏打ちすると筆者は考える。

第三節　二元論

二元論は二つの神が存在するという信念である。この二神は万物の背後にあって等しく独立した力を有していると考えられている。一方の神は善であり、もう一方の神は悪であると見なされ。両者はこの宇宙の戦場で終わりのない戦いを繰りひろげているのである。ルイスは個人的に「二元論はキリスト教に次いで、市場でもっとも男性的でもっとも賢明な信条である」[19]と考えていると言う。その理由は、キリスト教と二元論だけが世界の事実のすべて、とりわけ悪の存在に面と向かう見解だからである。また、ルイスは「(水割りキリスト教とは異なる) 真のキリスト教は、人々が思っているよりもずっと二元論に近い、なぜなら、この世界は戦争状態——善と悪との終わりなき闘争状態——にあると」いう点で、キリスト教は二元論に同意するからである、と見ている。[20]だが、二元論は私たちが住む地球について真の説明にはなり得ないのである。というのも、二元論には形而上的難点と、道徳的難点がみられるからである。

第一項　二元論の形而上的難点[21]

二元論の主張するところによれば、二つの力ないし神が存在し、両者はまったく独立していると想定されている。両者は永遠なる存在であり、両者のいずれも他を創造したのではなかった。各々は自分は善で相手は悪であると考えている。各々は自分の見解を支持する。もしも私たちが両者の一方を善なる力と名付け、もう一方を悪の力と名付けるなら、両者のうちどちらか一方が実際に善であり、他方が悪であると言わなければならない。私たちがたまたまどちらか一方を好むのであると言っているだけなら、善悪について語るのを放棄しなければならない。なぜなら、善はいつでも、たまたま好むことと関係なく、好むべきことを意味するからである。したがって、二神の一方は現実的に善であり、他方は現実的に悪であらねばならないのである。

だが、私たちがこの区別を認めるやいなや、二神に加えて第三のものを宇宙に引き入れているのである。この第三のものが二神を判断し、一方を善、他方を悪と見るからである。善であることは善のなにがしかの法あるいは基準に一致することであり、悪であることは善の基準に一致することができないということである。善の基準を作ったのはこの第三のものあるいは存在であるから、この存在の方が二神のいずれよりもはるかに古く高く、彼こそが真の神であろう。二元論の二神は条件づけられた存在にすぎず、したがって、二神のそれぞれは究極的実在あるいは存在の基盤である神とよばれるに値しないのは明らかである。二元論は形而上的次元で矛盾しているのである。

自存的、自覚的な絶対者として条件付けられた相互に独立した二存在を受け入れることはできない。イメージ思考で、この難点を表象すれば、アフラ・マズダとアーリマンが一緒に存在できる共通の〈空間〉という概念をこっそりと持ち込むことなしに、私たちは宇宙の源泉を扱っているのではなく、宇宙に含まれている二つのメンバーを扱っているにすぎないと告白することはできないのである。二元論は尖頭のない理論体系である。[22]

第二項　二元論の道徳的難点

ルイスは「二元論は、善と同様に、悪に積極的、実体的、自己矛盾のない性質を与える」[23]という信念に反論する。

この二元論の見解が正しいとすれば、悪の力はそれ自体のために悪を好むに違いない。[24]では、それが悪であるがゆえに悪を好むと言う人が実際に存在するのだろうか。存在するとすれば、一番近いと思えるのは残忍な人であろう。だが、残忍さに関する限り、人々が残忍になるのは二つの理由――彼は、残忍な行為によって感覚的な快楽を経験したいサディストであるか、あるいは残忍な行為によってなにか、すなわち、お金、力、安全を手に入れたいからか、そのいずれかである。私たちがここで注目しなければならないことは、快楽、お金、力、安全それ自体と、これらを追い求める際の残忍さの間には大きな隔たりがあるということである。なぜなら、快楽、お金、力、安全それ自体はすべて良きものだからである。悪はこれらのものを。間違った方法で、また、あまりにも多くを、追求することにある。残虐行為を行う人々は、なんらかの善を間違ったやり方で求めているのである。私たちは思いやりが正しいというそれだけの理由で、その思いやりが私たちになんら喜びを与えなくともそういう行動はできるが、残忍さは悪いことであるというそれだけの理由で残忍な行為をする人はいなかったのではないか。人々が残忍なことを行うのは残忍な行為が彼らにとって快楽であり有益であるからに他ならない。言い換えると、私たちはただ善のために善を行うことができるが、ただ悪のために悪を行うことはできないということになる。

さて、私たちがサディズムを性的倒錯と名付けるためには、正常なセクシャリティという見解をまず持たなければならない。その後で、倒錯したセクシャリティに関して語り、倒錯を理解できるのである。なぜなら、私たちは正常から倒錯を説明できても、その逆はできないのである。つまり、善なるなにかがまずあって、それが歪められ損なわれることで悪になるのである。したがって、悪の力が邪悪であるとすれば、悪は歪めるべき善なる衝動をそれ自体で持つことができないということである。悪は悪であるためでさえも、善なる力から善の衝動を借りなければならないのである。そうであれば、悪の力は自存的ではあり得ないのである。

二元論と対照すると、キリスト教は形而上的次元と道徳次元の両面において、悪の問題ならびに善悪の関係を解決している。二元論の形而上的次元の難点の解決に関して、究極的実在は善であるとキリスト教は考える。

この世界に関する限り、キリスト教徒はゾロアスター教の見解の多くを共有している。私たちはみなミカエルとサタンの〈激怒してかわす恐ろしい鋭鋒〉の間に生きている。キリスト教徒と二元論者の違いはキリスト教徒は一段階さらに深く考え、もしもミカエルが真に正しくサタンが間違いなく悪であれば、両者は彼ら以上の何ものか何かに対し、あるいは実在それ自体の究極的基盤に対し、異なる関係にあると言わなければならない。[25]

こういうわけで、私たちはキリスト教が悪魔は堕落天使あるいは反逆天使であるとつねに言ってきた理由が理解できる。二元論の道徳的難点を解決するために、キリスト教は「善は原初的なものであり、悪はたんにその倒錯に他ならない」[26]と考えているからである。新約聖書は、宇宙の闇の力、すなわち、死、病、罪の背後にある強大な悪の力について多くを語っているが、キリスト教はこの闇の力は神によって創造された善であったが、悪化したと考えるのである。

それは単なる子ども向きの物語ではない。それは悪が寄生中であって、原初的なものではない、という事実への真の認識を示すものなのである。悪が活動を継続することができるのは、善から与えられた力のおかげである、悪人が効果的に悪を発揮することを可能ならしめているものはすべて――たとえば、決断力、聡明さ、美貌、存在そのもの、といったように――それ自体は、善きものなのである、[27]

したがって、キリスト教は善悪の闘争は二つの独立した力の戦いではなく内戦あるいは反乱であり、私たちは〈敵に占領された領土〉[28]に住んでいると考えるのである。

第四節　神秘主義

ルイスは『神と人間との対話』のなかで、神秘主義の絶壁を登る危険を指摘し、神秘主義の前提を批判し、キリスト教における神秘主義の位置を規定している。

ルイス自身は神秘主義者になろうとはせず、私たち全員が神秘主義の登攀に招かれているのではないので危険であると警告し、神秘主義の前提に疑問を抱いている。神秘主義によれば、それは唯一真の宗教である。神秘主義の論理はこうである。神秘主義者によって見いだされるものは同じものであり、なにか特定の宗教――

キリスト教、ヒンズー教、仏教、ネオ・プラトニズムなどの信条――とほとんど関係ない。これらの宗教の信奉者は彼らの宗教経験によってみな同じものを見いだすので、神秘主義こそ見えざるものとの唯一真の接触であると考えるのである。なぜなら、彼らの経験による証拠こそ彼ら全員がが客観的な何にかに触れていることを証明していると考えるからである。その結果、〈諸宗教〉はたんに幻想であるか、あるいはたんに超絶的な実在に至る入り口となり得る多数の玄関ということである。[29]

ルイスは神秘主義者の宗教経験についての見解に反駁する。その要点は宗教経験のための宗教経験は健康なことではない、なぜなら、神秘主義はその興奮にもかかわらず、「なにもそれから生じないし、どこへも導くことがない」からであると言う。ルイスはまた、プロティノス、聖ジュリアナ、十字架の聖ヨハネが本当に同じものを見いだしたのか疑問視する。神秘主義の最も重要な特徴について、彼はつぎのように言う。

あらゆる神秘主義に共通している一つの事柄は、わたしたちの普通の時空意識や散漫な知性を、一時的に打破するということです。この打破という否定経験に価値があるか否かは、その打破されたものに代わって入ってくる積極的な性質に、どうしてもかかっていますが、否定経験自体は、いつも同じようなものを感じさせるのは当然ではないでしょうか。……　陸を離れて出港する人々は、みな「同じものに気づきます」――水平線のかなたに沈み行く陸地、隊列から遅れているカモメたち、湿気のある微風。旅行者、商人、船員、海賊、宣教師によって――それは全くおなじであります。ところが、この同一の経験は、彼らの船旅の実益、正当性、あるいは最終的な結果に関し、なにも保証していないのです。[30]

ルイスにとって、神秘的経験はすべてが幻想であるのではない。神秘主義は〈あの世〉に行く前に、〈この世〉

から脱出する道があることを示すからである。だが、この世から出て、どこに行くのか。神秘主義はこの問いに対する答は持ち合わせていない。この点こそ、神秘主義の弱点であるとルイスは言う。神秘主義の旅の妥当性は彼らの神秘主義という船旅にあるのではなく〈彼らの船旅の実益、正当性、あるいは最終的な結果〉であるとルイスは言明する。

神秘主義はキリスト教を否定するが――キリスト教においては適度の神秘主義はそれ自身の従属的な位置を持つ――キリスト教はその従属的な神秘主義に正当な位置を与えるからである。神秘主義者の中に、旧約の多くの預言者たちや聖人と呼ばれている人たちがいたのは神との出会いはたんなる合理的知識ではなく神秘的経験と見なし得るからである。　薬物によって引き起こされる悪魔的な神秘主義さえもキリスト教神秘主義者たちの経験と区別できないような経験を生じさせるが、それは問題ではない。その経験の正当性はその船旅のあとで初めて見る陸地によるからである。神秘主義の実践と果実の間には大きな違いがある。神秘主義の実践は聖人の聖性を証明できないが、神秘主義の果実はその人が聖人であるという事実によって聖人の神秘主義を正当化するのである。

ルイスにとって、神秘的経験を貪欲に求めることは「肉欲的な要素が全くないにもかかわらず、聖パウロの言う意味で〈肉〉であって〈霊〉でない」欲求があり得るのであり、人間のうちにあるそのような欲求はまず十字架につけられ、そして甦らされ、無上の喜びの一部となりうるのである。[31]

第五節　理神論

理神論とは、神は宇宙の創造者であるけれども、自然過程の傍観者であって自然過程をもはやなんら支配していないという哲学である。これは神が一般法則によって機能するだけなので、摂理、すなわち、世界とその住人たちに対する持続的な神慮という考えを根こぎにする信念である。ルイスは神学的理由と実際的理由により、理神論の神を拒否する。

第一項　神学的反駁

理神論は一八世紀に隆盛をきわめた。わたしたちはそのエッセンスをアレクサンダー・ポープの『人間論』――「第一原因たる全能の神は、特定の法則によらず、一般法則により行為なさる。[32]」――という格言に見てとれる。問題はこういうことである。ポープの哲学的神学に同意する人々は理神論の方が「子どもや未開人（そして新約聖書の宗教）を凌駕して進歩したもの[33]」と思う傾向がみられる。なぜなら、彼らにとって、第一原因たる全能の神の方が高度であり、神を人間に似せて考えないものに思えるからである。しかし、人間らしさは理神論の方が微妙にかくされており、はるかに害を及ぼす類の神人同形的神観なのである。なぜなら、これは、神の次元において、計画と計画にはないが避けがたい副産物の区別があると含意するからである。ルイスは、ポープの神は一般法則を持った管理者的な神であると述べ、そのことをつぎのように言う。

……神は、宇宙に対して壮大なご計画を持っておられる。何ものもその計画を歪めぬと言える。神がわたしたちの祈りを聞き届けたり、また故意に拒否したりする自由は、神にもほとんど（あるいは全然）残されてはいない。壮大なご計画が進行し、湧き返るにつれて、各個人に数えきれぬ祝福や呪いが与えられる。神はそれをどうすることもできない。すべて副産物であるから。[34]

ルイスは、管理者的な神とその一般法則という考えに反対し、計画と副産物の間の区別は神の次元においては全面的に雲散霧消するとし、計画と副産物の関係についてつぎのように言う。

人間の次元においてさえ、人が高潔になればそれだけ、計画と副産物の区別は縮小するからです。人の計画が上手に作成されればされるほど、それだけ考慮に入れられぬ副産物は減少しますし、一石二鳥ではなく一石多鳥になりますし、それだけ多様な要求や利益を満足させるのです。すなわち、計画が上手に作成されればされるほど、それは個人のための計画に向かって近づくのです（完全なところまでは到底行きつくことはできませんが）[35]。

さらに、ルイスは次のように一つの類比を提示する。天才は自分の作品においてたんなる副産物など微塵もない詩やシンフォニーを創る。神は、完全な芸術家と同様に、すべての出来事や事物が目的であると同時に手段でもあるように、創造した全世界と私たちに対して壮大な計画を持っているのである[36]。「一般化することは白痴である」からして、理神論の神は新約聖書の神よりもずっと人間くさいのであり、〈全能者〉という言葉の正当な意味において、神が全能者であるという考えを損なうのである。この意味で、二元論は自己矛盾に陥っているのである。

第二項　実際的反駁

理神論に対する第二の反論は第一の神学的反駁に由来する。ルイスは牧会的観点から理神論に反駁する。というのも、理神論が描くような類の宇宙においては、私たちの祈りは無意味になる。だが、私たちが神の摂理を信じるのなら、理神論は私たちの祈りを止めさせる理由になり得ないだろう。なぜなら。全世界の始まる以前にすべてのことが決められているとしても、決定において考慮に入れられている事柄の一つは私たちが今の今差し出している祈りそのものであるかもしれないからである。だが、神の摂理などないとすれば、私たちの祈りの基盤は必然的に失われるだろう。神は祈りに答えず、創造した世界になんら関与しないからである。キリスト教徒は、すべての祈りが聞き届けられるわけではないが、神は私たちとって超越者であると同時に内在者でもあるので、すべての祈りを聞いていると信じるのである。神が祈りを設けた目的について、ルイスはつぎのように要約する。

神が祈りを設けられた理由の一つは、事の成り行きが、国家のように決定されずに、すべての者が参与し、しかも（祈りにおいては）意識的に参与し、かつ、目的であると共に手段でもあるような芸術作品のごとくすべてのものが創造されることを、証明するためであったかも知れません。そして、わたしは今、祈りそれ自体をひとつの手段とみなしてきたので、急いで付け加えたいのは、祈りがやはり目的でもあるということです。……この偉大な芸術作品である宇宙は、あらゆる波の曲線やあらゆる昆虫の飛行に至るまで、宇宙が為しかつ存在するいっさいのために創造されたのです[37]。

以上、ここまでルイスの著作に頻繁に現れる自然主義、汎神論、二元論、神秘主義、理神論に対するルイスの論駁ぶりを見てきたが、これはキリスト教弁証家としてのC・S・ルイスの遺産のごく一部にすぎない。そうであっても、本章においてはルイスの厳密な論理的思考と想像力の結合した文章の一端を多少なりとも提示し得たのではあるまいか。

1 C・S・ルイス『キリスト教の精髄』柳生直行訳、新教出版社、一九七七年。五二頁。
2 C. S. Lewis, *God in the Dock: Essays on Theology and Ethics* ed.Walter Hooper, Wm. B. Errdmans,1970, p.53.
3 C・S・ルイス『奇跡論――一つの予備的研究』柳生直行・山形和美訳・改訂、『C・S・ルイス著作集』第二巻、すぐ書房、一九九六年。一五頁。
4 同前、七一頁。
5 『奇跡論』、七四頁。
6 同前、一四四頁。
7 同前、一四六―一四七頁。
8 同前、一四七頁。
9 同前、一四七頁。
10 同前、一四七頁。
11 『奇跡論』、一四八頁。
12 同前、一四九―一五〇頁。
13 同前、一五〇頁。
14 同前、一五一頁。
15 『奇跡論』、一五二頁。
16 同前、一五九頁。
17 同前、一五九頁。
18 同前、一六〇頁。
19 『キリスト教の精髄』、八一頁。
20 同前、八五―八六頁。
21 『キリスト教の精髄』、八一―八二頁。
22 C. S. Lewis, *God in the Dock*, p.22.
23 Ibid.
24 『キリスト教の精髄』、八一―八五頁。
25 C. S. Lewis, *God in the Dock*,pp.23-24.
26 Ibid., p.23.
27 『キリスト教の精髄』、八五頁
28 同前、八六頁。
29 C・S・ルイス『神と人間との対話』、竹野一雄訳、一〇七―一〇八頁。
30 同前。
31 同前、一一〇頁。
32 『神と人間との対話』、九〇頁。

33 同前、九〇頁。
34 同前、九一―九二頁。
35 同前、九二頁。
36 同前、九二頁。
37『神と人間との対話』、九四―九五頁。

第五章　C・S・ルイスの聖書観

本章では、ルイスの聖書観のエッセンスと聖書の読み方についてのルイスの見解を提示することとしたい[1]。本章が読者にとってキリスト教弁証家としてのルイスのキリスト教理解に資する情報となれば幸いである。

第一節　〈聖なる書物〉と〈文学としての聖書〉

聖書は、「〈聖なるもの〉、あるいは〈霊に感じたるもの〉、あるいは、聖パウロの言うように、〈神のお告げ〉である」[2]とルイスは言う。聖書はルイスにとって、なによりもまず〈聖なる書物〉であった。なぜ聖書は聖なる書物であるのかと言えば、神の真理がその中に息づいていると信じたからである。ルイスは、つぎのように言う。

それ［聖書］はたんに聖なる書物であるだけでなく、容赦ないほどに、またたえず聖なる書物であるので、たんなる美的取り組みを誘わないばかりか、そのような取り組みを排除し撥ねつける。離れ技としてだけ聖書を文学として読むことができるのである。それは元来その目的に適なうように意図されていない道具を使い、木目に逆らって木を切ろうとしているのである。[3]

これはルイスの「欽定訳聖書の文学的影響」の中に見られる発言で、聖書は文学として読むべきものではないという見解である。我が国においては、ルイスの聖書観と言えば、右の文章を引き合いに出せば、ルイスと聖書の関係は事足りるとして、それ以上は追究されない時期があったと言って差しつかえないであろう。この状況はアメリカ合衆国の高名なルイス研究者においても、ルイスは文学として聖書を読むことを拒否したということが前提となった感のあるアンソロジーに反映されている。[4] そうであるならば、ルイスは聖書を文学として読むことを拒絶したということで事は決着を見ているということなのであろうか。ここで以下の一文に目を通していただきたい。

聖書を「文学として」読むことを口にする人々は、政治になんの関心を持たずにバークを読むことや、ローマになんの関心を持たずにアエネーイスを読むことと同じく、聖書のかかわる中心内容に意を注がずに読むことだと思っているばあいが時にはあるようである。それは、わたしには、意味をなさぬことだと思われる。しかし、より正常な意味からすれば、聖書はしょせん文学である以上、文学として以外に正しい読みかたはありえないのであって、聖書のさまざまな部分は、あるがままの、さまざまな種類の文学として読むべきものである。[5]

さて、このように言うのは誰かと言えば、それはほかならぬルイスその人であり、これはルイスの『詩篇を考える』の序文に記されている言葉である。するとどうなるのか、先の「欽定訳聖書の文学的影響」では、文学として聖書を読むことを離れ技と見ており、この序文では、聖書を文学として読まなければならないということであれば、ルイスは矛盾したことを言っているということになるのだろうか。この矛盾と思える発言を解くためには〈文学としての聖書〉ということについての意味合いを明確にしておかなければならないであろう。このことについてルイスはつぎのように言っている。

わたしたちの時代は〈文学としての聖書〉という表現を作り出した。それは大づかみにいって、聖書の神学的な主張を斥ける人々でも英語で書かれた散文の宝庫として聖書を楽しむという意味であろう。そのとおりかもしれない。……だが、矛盾したいいまわしを許してもらえるなら、聖書を文学として読む人は、じつは聖書を読んでいないのではないかと思わざるを得ない……

聖書の宗教的主張が再確認されるのでなければ、その文学的魅力に対しても、単に「口先だけ」の敬意が払われるだけで、それすら、しだいに稀になっていくだろう。[6]

つまり、聖書の神学的な主張を斥ける仕方で聖書を楽しむということが〈文学としての聖書〉という表現の意味内容であり、ルイスは、そのような姿勢で聖書を読むことに同意しなかったのであって聖書を文学として読むことに異議申し立てしたのではないのである。「聖書はしょせん文学である以上、文学として以外に正しい読みかたはありえないのであって、聖書のさまざまな部分は、あるがままの、さまざまな種類の文学として読むべきものである」ということは文学史家でもあったルイスには自明の理であったと言えるだろう。

ところが、ルイスの聖書観においては、聖書が聖なる書物であるという面のみが強調され、聖なる書物が様々な形式の文学であるということが重要視されずに長らく軽視されることになったのである。その理由の一端はルイスの神学的概念の大部分がプロテスタントの保守的福音派のキリスト教理解を支持すると受け止められたことによると考えられる。つまり、ルイスは保守的福音派の見解を擁護しているという見解が一度受け入れられると、今度は逆に、保守的福音派の間に長きにわたって潜在していた〈文学としての聖書〉という考えに対する反撥[7]を正当化するのに都合のよいルイスの発言に保守的福音派の関心が集まることになったのではないかということである。その結果、ルイスの聖書観に誤解がまとわりついてきたように思われる。今日、このような状況は消え去っているのか、疑問は残る。

以上、ルイスにとって、聖書は聖なる書物であり、聖なる書物を読み解くためには「聖書のさまざまな部分は、あるがままの、さまざまな種類の文学として読むべきものである」ということである。これを敷衍すると、文学として聖書を読むことは一定の聖書本文の文学形式にふさわしい問いを問うことによって聖書に取り組むことを意味する。聖書は伝統的な文学形式ないしジャンルに満ちており、物語、叙事詩、悲劇、風刺、抒情詩、祝婚歌、哀歌、讃歌、箴言、譬え、牧歌、福音、書簡、演説、黙示などを含んでいる。そして、すべての文学形式にはそれぞれ固有の約束事ないし定則がある。文学として聖書を読むことは、聖書の文学形式にふさわしい問いを問うことである[8]。

第二節　聖書――〈神の言葉〉

第一項　〈神の言葉〉による真理の啓示

ルイスは神による真理の啓示としての聖書について『奇跡論』の中で、つぎのように述べている。

私の現在の見解は……事実の面において、長い準備の時を経てついに神が人として受肉するようになるのとちょうど同じように、記録の面において、真理は最初〈神話的な〉形で現われ、その後長い過程を経て少しづつ凝結し明確になり最終的に歴史として受肉するようになるということになろう。[9]

このように、一方で、ルイスが「記録の面において……」と言うのは、『旧約聖書』と『新約聖書』に記されている神の言葉に他ならないであろう。そして神の真理は『旧約聖書』においては〈神話的な〉形で、『新約聖書』においては歴史的に現われたということである。ルイスは『旧約聖書』は〈選ばれた神話〉であり、それらの中でもっとも神話的なものは「ヨナ書」であり、つぎに天地創造の物語、「ヨブ記」という順序で神話性が減じ、ダヴィデの宮廷の回想録はもっとも歴史的になると主張する。[10] そして他方で、ルイスが「事実の面において……神が人として受肉するようになる」と言っているのはイエス・キリストの出来事を含意し、それはすでに第一章『キリスト教文化』において筆者が指摘したことであるが、〈神話が事実になった〉という形でルイスに理解されている重要な信念である。ここで神話についてルイスがどのように考えていたか明確にしておきたい。ルイスは神話について、つぎのように言っている。

神話一般は、たんに誤解された歴史（エウヘメロスはそう考えた）でもなく、悪魔的幻想（ある教父たちはそう思った）でもなく、聖職者の嘘（啓蒙時代の哲学者はそう思った）でもないのであって、その最良のものにおいてそれは、人間の想像力の上に降った神の真理の輝き、ぼやけてはいるが、真正の輝きである。[11]

ここでルイスの言う最良の神話というものが「人間の想像力の上に降った神の真理の輝き」であるとすれば、その「神の真理の輝き」は『旧約聖書』の記者たちの想像力だけではなく、偉大な異教の教師たちや神話作者たちにも見られるものであるとルイスが考えていたことは、つぎの発言に見て取れる。

神学は、ある特別な光明がキリスト者に、そして（早くは）ユダヤ教徒に恵与されたと言いながら、また全人類に与えられた神の光明というものもいくらかはあるということを言います。神の光は「すべての人を照らす」と言われています。ですから、偉大な異教の教師と神話作者にも、当の宇宙説話全体のいちばんの骨組みになると考えられている主題、すなわち受肉と死と復活の主題が、多少とも窺われることは当然予測すべきことであります。また、異教のキリストたち（バルダー、オシリスなど）とキリストその人との違いも、当然大いに予想されるでしょう。異教の物語はすべて、毎年か、さもなければいずこともなく、いつとも知れず、死にかつ甦るなんびとかの物語です。キリスト教の場合は歴史上の人物の物語で、その人の処刑は、一人の名前のはっきりしたローマの長官のもとで、日付もかなりはっきり示されうるものですし、彼の打ち立てた結社は今日に至るまでたえず彼と結びついているものです。それは偽りと真との違いではありません。一方に現実の事件を置き、他方に同じ事件のおぼろな夢想、あるいは予感を置いた場合の違いです。[12]

このように、ルイスは、宇宙そのものの物語の骨組みだと考えているもの、すなわち、受肉―死―復活〔再生〕は、イエス・キリストにおいて現実に起こった出来事であり、異教の神話のキリストはその出来事に関するおぼろな夢もしくは予感であるとし、両者は真実と虚偽の違いではないと言うのである。

第二項　〈神の真の言葉〉

ところで、ルイスにとって『旧約聖書』と『新約聖書』は全体として神の真理の啓示である神の言葉であるのだが、神の真の言葉は聖書ではないのである。彼はつぎのように端的に明言する。「神の真の言葉は、聖書ではなく、キリストご自身である。聖書は、正しい精神で良き教師の導きで読まれるならば、私たちをキリストのもとへ連れていくであろう」[13] この発言から読み取れることとして、ルイスが聖書を聖なる書物と考える根拠は、なによりも神の言葉である聖書が人々をキリストの人格に出会わせるものであると信じているということにある。とすれば、聖書は結局のところ神の真の言葉であるキリストについて語る神の言葉であり、逆に言えば、神の真の言葉であるキリストを語る言葉はすべてある意味で神の言葉と言っても間違いではないのではないか。だが、そのように言うと、ルイスは聖書が神の霊感を受けて成った特別な書物であるということを否定しているということになるのであろうか。そこでつぎに、ルイスは聖書の霊感ということについてどのように考えていたのか。ルイス自身の見解を見ていこう。

第三項　〈神の言葉〉の霊感

聖書の霊感については諸説[14]あるが、ルイスは、十全霊感説の立場であるように思われる。十全霊感説とは霊感の焦点を聖書本文の言葉よりも著者に置き、著者たちが書いたすべてにおいてさまざまな仕方で霊感を受けていたと考える立場である。

私は……たとえば「創世記」の説明は異教的で神話的な上代セム族説話から派生するという、学者の説を認めるのにいささかの困難もない。……説話は、ネズミのようにその種を再生産するものではない。説話の語り手は人間である。おのおのの語り部は、先人が語ったところを寸分たがえず繰り返すか、さもなければそれを変更する。変更する場合、知らずにやる場合と計算の上でやる場合がある。計算ずくでやる場合は、彼の趣向、彼の形式感覚、彼の倫理、何が適しているか、教育的か、あるいはたんに面白いかについての彼の考え、これらのすべてが入ってくる。知らずにやる場合ならば、彼の無意識……が働いていたのだ。このようにして一つの説話の誤解を生みやすいところが少々あるが「進化」と呼ばれるものの各段階で、一人の人間、その全人格と、その姿勢のすべてがからんでくる。そして光の父からの助けなしには、どんなよい労作も決して造られることはない。一連のこのような伝承が、当初はほとんど、何の宗教的あるいは形而上学的意味をも持たない創造説話を、真の天地創造という、また超絶的創造主という観念を完結する説話に転じる（「創世記」がそうだが）ならば、そのときには、その語り部の幾人か、あるいはその一人が、神に導かれていたものと私は信じないわけにはいかなくなる。[15]

ここに見られるとおり、ルイスが十全霊感説をとっていることは明らかである。そうであれば、先に見たように、神の真の言葉であるキリストを語るものは、聖書以外の書物であっても、ある意味で神の言葉であり、したがって、神の霊感は聖書以外の著作においても著者を導くということである。その根拠は以下の彼の発言に見て取れるのである。

すべての良い賜物あるいは完全な賜物が光の父からくるとすれば、それなら、真実で有益な著作のすべては、聖書のなかにあろうがなかろうが、ある意味で、神の霊感を受けているに違いないのである。[16]

ここでルイスの言っている「真実で有益な著作のすべて」とはキリスト教徒の著作だけを意味しているのであろうか。ルイスが一般啓示の教義を受け入れていることを重視すれば、「光の父からの助けなしには、どんなよい労作も決して造られることはない」という発言によっても明らかなように、ルイスにおいては、聖書の神は聖書のみを通して語る神ではなく、聖書以外を通しても語りかける神であるということである。このことについて彼は、つぎのように言っている。

あなたが神を喜ばそうとの意図をもって決定を下すとき、聖霊は内側からあなたの決定を導くにちがいありません。ただ、聖霊が内側からだけ語りかけると考えることは間違いでしょう。実際、聖霊は、聖書、教会、キリスト教徒の友人たち、書物などを通して語りかけるからです。[17]

第四項　〈神の言葉〉の非体系性

まず、ルイスは『旧約聖書』の神の言葉の非体系性について、つぎのように言う。

原素材の持つ人間的質はすけて見える。素朴さ、誤謬、矛盾、（呪詛する「詩編」におけるように）邪悪すらもが取り除かれていない、結果の総体は、各節ことごとくが、それ自体、非の打ちどころなき科学、あるいは歴史を提供するという意味での、「神の言葉」ではない。それは神の言葉を伝えており、私たちは（恩寵により、伝統に、また私たち自身よりも賢明な解釈者に注意を払い、私たちに許されるかぎりの知性と学識を駆使して）その言葉をそこから受け取るのであるが、それを百科事典としてとか、回勅として使うのではなくて、自らをその響きや気持の中に浸し、それによってそのメッセージの全容を学ぶのである。[18]

このように、ここでルイスは聖書は無謬でもなく不可謬でもないことを明示しており、「非の打ちどころなき科学……という意味での、〈神の言葉〉ではない」という発言に見られるとおり、『旧約聖書』は厳密な論理的整合性に貫かれた体系からなっているものではないと彼が受け止めていたことが見て取れる。

つぎに、『新約聖書』に見られるイエスの言葉に関して、ルイスはそれもまた非体系的であることを明言している。

わが主ご自身の教えにはいささかも欠くるところないのであるが、それは私たちが予期し、望みがちなように、ハンコで押したような、どう転んでも間違いようのない、体系的な形では与えられないと言ってよい。主は一冊の本も書かれなかった。私たちは伝えられた言葉を知るのみであって、その多くは問いに対する答えとして、幾らかはその文脈によって形をなす発言であった。また私たちがそれをことごとく集めても、それを一つの体系には、まとめることのできるものではない。[19]

さらに、ルイスは使徒パウロの手紙の難解さについてつぎのように言い、パウロの言葉もまた、手紙であるがゆえにであろうか、非体系的であると見ているように思える。

神が彼にあれほど多くの賜物をお与えになりながら、最初のキリスト教神学者としては必要不可欠だと私たちには思えるはずの明哲さと整然たる注解能力をお与えにならなかったわけを、いぶかった読者は私一人ではないはずである[20]。

このように、ルイスは、神の言葉である聖書は『旧約聖書』と『新約聖書』いずれもが、体系的ではなく、我々の知性のみによって体系的に捉えられるものではない仕方で我々に与えられていると考えていたと言えるであろう。

第五項　第四福音書に記された諸事実

ルイスは「福音書」を伝説ではないと主張し、その歴史性を擁護する。その根拠は文学史家としての彼の専門知識に基づいている。その一例を見てみよう。

……文学史家として私が確信しているところでは、福音書は、何であろう、けして伝説ではありません。私は伝説をたくさん読んできましたが、福音書は明らかに、伝説とは異なった種類のものです。なぜならこれは、伝説としては芸術性がなさすぎます。文学として見れば、福音書は不細工で、然るべきまとまりもありません。……プラトンの対話編の一部をのぞいて、私の知るかぎり、古代の文学には第四福音書のような会話はありません。現代文学においてさえ、約百年前にリアリズム小説が登場するまでは、あのようなものは全く無かったのです。姦淫の罪で捕まった女の話では、キリストがしゃがんで砂に指で何か書いていたと語られています。そこからは何も出てきません。誰も、そこから教義を引き出した人はいません。そして、想像上の場面をより現実的にするために、少しばかり関係のないことを「でっちあげる」技法は、現代になってできたものです。実際、この一説の唯一の説明は、このことが実際に起こったということではないでしょうか？　福音記者は、ただ、これを見たから、書き入れたのです。[21]

ちなみに言えば、ルイスは「近代神学と聖書批評」において、「姦淫の罪で捕まった女」の他にも「ヨハネによる福音書」のなかに見られる幾つか箇所を取り上げ、それらはフィクションではなく歴史的事実であると主張している。すなわち、スカルの井戸に水汲みに来た女と主イエスとの対話、生まれつき盲人であった人を癒したあとに続く盲人と近所の人たちやファリサイ人たちとの対話、「時は夜であった」（ヨハ一三・三〇）という印象的な言葉などである。これらを根拠として、文学史家でもあるルイスは、第四福音書は詩でもロマンスでもなく、幻想文学でも伝説でもなく、神話でもなく、二つの見方しか考えられないと言う。これらの記述は、事実にかなり近い、ボズウェルの『ジョンソン伝』とほぼ似かよったルポルタージュか、それとも二世紀の名も知れぬ書き手が突如として近代の小説的かつリアリスティックな語りの技法のすべてに先鞭をつけたかいずれかであると述べ、神学者たちの文学ジャンルに関する文学史の無知を指摘しているのである。[22]

第六項　福音書の信憑性

ルイスが福音書の記述に信頼を寄せる理由は、世界の終末とキリストの再臨についての議論の中での記述に見られる。

キリスト教徒の世界の終わりと再臨信仰について、疑念を抱く人々はつぎのように言うだろうと、ルイスは彼らの言うことを要約して提示する。

「勝手なことを何と言おうと、原始キリスト教徒の黙示信仰は、間違いがはっきりしたのだ。彼らの皆が彼らの生存中に再臨を期待したことは、新約によってあきらかである。……彼らの主が彼らにそう語ったのである。主は彼らと共に妄想を抱き、そして実にそれを作り上げたのも主であった。主は実に多くの言葉で言われた。『これらの事がことごとく起こるまでは、この時代は滅びる事はない』と。それは間違っていたのだ。明らかに、彼が終末について知っていたのは、ほかのだれとも同じ程度にすぎなかった[23]」。

そして、ルイスは、イエスの言葉が記されている「マルコによる福音書」一三章の一部と同福音書一五章の一部を引き合いに出し、それらが福音書の歴史性を明示する重要な証拠であると主張するのである。

それは確かに、聖書の中で最も困惑を呼ぶ説であります。しかしその後十四語にもならぬうちに、「その日、そのときは、だれも知らない。天にいる御使たちも、また子も知らない、ただ父だけが知っておられる」という言葉が来ることも、またなんとじれったいことでしょう。ただ一つの誤りの露呈と、ただ一つの無知の告白が並び来るとは。こうした言葉が二つ並んで、キリストご自身の口から出たのであって、単に福音記者がこう記したというだけでないことは、もはや疑うまでもありません。記者が全く正直でなければよもや無知の告白まで記録することはないでしょうし、真実をそっくり伝えたい気持がなければ、それまで記録する理由はありません。そしてもし後代の書記たちも同じく正直でなければ、時の経過がその（ひと目見て）誤りを明らかにした後まで、「この時代」についての（ひと目見ると）誤った預言を、とどめておくことはなかったでしょう。このくだり（マコ一三・三〇―三二）と、「どうしてわたしをお捨てになるのですか」（マコ一五・三四）という叫びは、共に新約が歴史的に信頼に足ることのもっとも強力な証拠をなすものです。福音記者たちが、正直な証人たるに第一に重要な特質を示した最初の例です[24]。

ここに見られるように、イエスの無知と十字架上での神に見捨てられたイエスの絶望の言葉こそ、ルイスは聖書の信憑性の確たる証拠と見ていることに筆者は納得する。

第七項　福音・福音書・使徒の書簡の序列

さて、ルイスは『旧約聖書』を真理の神話的な形での現われとみなし『新約聖書』を真理の歴史的現われと考えていた。このことはルイスが旧約と新約の間に連続性を見ていることと同時に、〈受肉―死―復活〉という神々の死と再生において〈神話が事実になった〉という意味でルイスが神話そのものの価値を認めつつもそれ以上に神話が事実となったということを重要視しているとも解することができるであろう。この旧約と新約の違いに価値の優劣を筆者は見ないが、事柄の序列はあるのではないかと考える。ルイスが福音と福音書、福音書と使徒の書簡の重要度をそれぞれ区別していたことから彼は事柄の序列を意識していたと推察できるからである。

ルイスは福音と福音書の関係についてこう述べている。

復活とその結果が、キリスト教徒たちの運んだ〈福音〉、すなわち良き知らせであった。つまり、私たちが「福音書」と呼ぶもの、われらの主の生と死の話はすでに〈福音〉を受け入れていた人々のためにあとで作られたのである。福音書はいかなる意味においてもキリスト教の基盤ではなかった。それらはすでにキリスト教に改宗した者たちのために書かれたからである。復活の奇跡とその奇跡の神学が先に来るのであり、主の伝記はその神学に関する注釈としてあとに来るのである。[25]

したがって、ルイスにとって重要さの度合いでは、まず復活とその結果である福音、つぎに主イエス・キリストの伝記である福音書、そして使徒の書簡という順序になると言えるであろう。

第八項　〈神の言葉〉と〈人間の文学〉

ルイスにとって聖書は聖なる書物であった。聖書はもともと宗教的な目的のために書かれたものであったが、神の真理は聖書の多様な文学形式に盛られて私たちにもたらされている以上、神の言葉を理解するためには神の言葉が盛られている文学形式にふさわしい問いを問わなければならないのである。聖書は文学である以上は文学として以外の読み方はできないのである。だが、聖書は誰にとっても聖なる書物であるのではない。聖書はただたんに文学として読まれ得るし、神の言葉として読まれることが保証されているわけではないのである。ルイスは人間の文学がいかにして神の言葉として機能することが可能になるのかについて〈受肉〉の教義に見られるアタナシウスの説明を援用して応えている。

受肉の進行は「神性の肉への転換によらずして、人性の神への摂取による」と教えられているからであり、それによって、人の命は神の命の器となるのである。もし聖書の進行が、神の言葉の文学への転換によらずして、文学を神の言葉の器たらしめるべく摂取することによるのだとしても、これは変則ではない[26]。

聖書はある人々にとって〈神の言葉〉であるが、聖書はたんに〈人間の文学〉としてのみ読まれ得る。聖書が長い間読まれてきたのは神の言葉であると考えられてきたからであり、人間の文学であるがために読み継がれてきたのではないのである。聖書がこれからも読み続けられていくとすれば、聖書を神の言葉として読む解釈共同体の存在が不可欠である。聖書は文学として読まなければならないが、文学としてだけ読むことは聖書本来の意図を裏切ることになるとルイスは見ていたのである。

第三節　聖書解釈に関するルイスの見解

ルイスは聖書解釈の方法を体系的に記してはいないが、彼の書き残したもののうちには断片的な明察が見て取れる。ここではそれらについて提示し、ルイスの聖書解釈の見解を多少なりとも読者とともに分かち合いたいと思う。

第一項　文学形式の識別

「聖書はしょせん文学である以上、文学として以外に正しい読みかたはあり得ないのであって、聖書のさまざまな部分は、あるがままの、さまざまな種類の文学として読むべきものである。」これはすでに幾度か引用したルイスの発言である。まず、このことについて改めて確認しておきたい。

「聖書のさまざまな部分は……さまざまの種類の文学」である。そうであるからには、読み手は聖書の中のさまざまな種類の文学をさまざまな種類の文学として正しく認識しなければならないということである。なぜなら、神の言葉を理解するためには神の言葉が盛られているさまざまな文学形式に対してそれぞれの形式にふさわしい文学的な問いを問わなければ正しい答えは得られないからである。したがって文学形式を識別できる文学史の知識が必要であるということになるであろう。たとえば、『旧約聖書』のサウルの場合は悲劇であり、その場合にはアブラハムの「英雄物語」や「ヨナ書」の場合の風刺とは異なる一連の文学的問いとなる。すなわち、悲劇の主人公はどのように性格描写されているか。彼のジレンマはなにか。彼の悲劇的選択の本質はなにか。彼の悲劇的選択には性格上の欠陥が見て取れるのか。彼の破滅と苦悩はどのような形をとるのかといった問いである。[27]文学史の知識が文学形式の識別に必要な理由である。

第二項　聖書解釈の第一の原理

福音書と使徒の書簡との関係については、つぎのようなルイスの発言が見られる。

聖書のいずれの部分も他の部分と矛盾するように解釈してはならないということ、とりわけわれらの主の教えに矛盾するような使徒の教えの用い方をしてはならないということをわたしは第一の原理と考えている。[28]

このように言うルイスにはこのように言う理由があってのことだろうと思う。その理由が具体的になんであるか不分明であるが、ここから筆者に見えてくるのは、〈聖なる書物〉が証言しているイエス・キリストの言葉に対するルイスの全幅の信頼である。

第三項　聖書解釈における二つの規則

ルイスは遺作『神と人間との対話』のなかで聖書解釈について具体的な提言をしている。

わたしは、聖書解釈に二つの規則を提案します。①さまざまな比喩を文字通りに取らぬこと。②比喩の主意―わたしたちの恐怖や希望、意志や愛情に対する教訓―が、神学的抽象概念とぶつかるように思われる場合は、いつでも比喩の主意を信頼すること。と申しますのは、抽象という思考作用は、それ自体、類推のかたまり、すなわち、法的、または科学的、あるいは機械的な用語で、絶えず霊的リアリティーのひな型をつくることであるからです。これらの用語が、聖書の感覚的、有機的かつ人間的なイメージ―光と闇、川と井戸、種まきと収穫、主人と僕、鶏とひな、父と子―よりも、適切であると言えましょうか。神の足跡は、岩や火山岩滓の山よりも、豊かな土壌の中に見えるのです。それゆえに、今日のいわゆるキリスト教の「非神話化」は、実に容易に、キリスト教の、「再神話化」―豊かな神話を貧弱なそれにとって代えていることになるでしょう。[29]

これは明らかに、聖書の非神話化を提起したブルトマン批判を反映した発言である。そこでルイスによるブルトマン批判の具体例をここに一つあげておくことにしよう。[30] ルイスは、強引な聖書解釈の例としてブルトマンの『〈新約聖書〉の神学』の中に見られる叙述に言及する。ブルトマンは「〈キリストの再臨〉の予言(マコ八・三八)が〈キリストの受難〉の予言(マコ八・三一)に続く幾分不同化な様子に注意せよ」と書いているが、ブルトマンは〈キリストの再臨〉の予言のほうが〈キリストの受難〉の予言よりも古いと信じていて、〈キリストの再臨〉の予言と〈キリストの受難〉の予言が同じ文脈のなかに現われるとき、その両者の間にどことなく食い違いや不同化が認められるに違いないと信じようとし、実際、信じているからであるとルイスは判断する。そして、ペテロがイエスに対して「あなたこそキリストです」と告白する「マルコによる福音書」八章二九節から三八節までの一連の叙述は論理的、情緒的、想像的にも完璧なものであるので、ブルトマンの文脈を無視した上での見解をルイスは容認できないのである。

第四項　奇跡の問題

ルイスは奇跡に関連して、つぎのように言う。

わたしはいわゆる正統派信者と思われてきた。それは、わたしが、聖書には奇跡のたぐいが含まれるというだけを理由に、すべての物語を非歴史的とは、決して見ないためである……わたしが、奇跡の生ずる物語を、歴史と認める真の理由は、奇跡は起こらないとする全称否定命題の、いかなる哲学的根拠をも、わたしはいまだかつて見いだしていないことによる。[31]

したがって、ルイスは奇跡を否定する哲学的立場を批判する。ルイスの批判の対象となる神学者たちの著作のなかで、たえず用いられるのは「奇跡的な事柄は起こらない」という原理である。[32] この原理の適用による必然的な結果として、主イエスが未来の予言について語ったとすれば、未来の予言となるような言葉は、予言のように思われた出来事が生起したあとに挿入されたものであると理解されることになるということである。聖書に見られる奇跡的な事柄をこのように解釈することについて、ルイスは「神の霊感による予言など決して起こりえ得ないことを知っているという前提で始めるならば、この解釈はよく理解できる。それと同様に、奇跡的なことは総体として決して起こらないということを知っているという前提で始めるならば、さまざまな奇跡を語る聖書のすべての部分を非歴史的な出来事として拒絶することも理解できる[33]」と言うのである。だが、奇跡が起こりうるか否かという問題は純粋に哲学的なものであり、「奇跡的であれば、非歴史的」という規準は学者たちが聖書本文の研究から学びとった原理ではなく、聖書の奇跡的な記事に当てはめている原理なのである、とルイスは奇跡を否定する人々にその可能性を擁護するのである。

以上ここまで、筆者はルイスの発言に寄り添いながら、ルイスの聖書観と聖書解釈に対するルイスの見解のエッセンスを提示しようと努めてきた。本章を閉じるに当たって、心の内にあるのは読者の中に「ルイスの聖書観」の研究に携わる方々の出現の待望である。

1 本稿は拙著『C・S・ルイスの世界――永遠の知恵と美』（彩流社、一九九九年）に所収の「ルイスと聖書」に依拠し、追補改稿したものである。
2 C・S・ルイス『詩篇を考える』西村徹訳、新教出版社、一九七六年。一四三頁。
3 C. S. Lewis, "The Literary Impact of the Authorized Version," in *Selected Literary Essays* ed.Walter Hooper（Cambridge Univ. Pr.1979）, p.144.
4 たとえばルイス研究の重鎮クライド・S・キルビー編『目覚めている精神の輝き――C・S・ルイスの言葉』中村妙子訳、新教出版社、一九八二年。（Clyde S. Kilby ed. *A Mind Awake: An Anthology of C. S. Lewis*, Geoffrey Bles, 1968）あるいはウェイン・マーティンデイルとジェリー・ルート共編のアンソロジー（Wayin Martindale & Jerry Root co. ed. *The Quotable Lewis*, Tyndale House Publishers, Inc.1989）には、ルイスが〈文学としての聖書〉という見解を拒絶したことを印象づけるルイスの聖書観の断片が収録されている。
5 『詩篇を考える』、七―八頁。
6 『目覚めている精神の輝き――C・S・ルイスの言葉』、九六頁。
7 Leland Ryken, "The Bible as Literature," in *The Christian Imagination*（BAKER BOOK HOUSE, Grand Rapids, 1981）, p.173.
8 Leland Ryken, "The Bible as Literature," in *The Christian Imagination*, p.175.
9 C. S. Lewis. *Miracles*（Macmillan Paperbacks, 1978）,pp.133-134.
10 Ibid., p.134.
11 Ibid., p.134.
12 C・S・ルイス「神学は詩か?」、『栄光の重み』西村徹訳、新教出版社、一九七六年。七八―七九頁。
13 *The Collected Letters of C. S. Lewis*, ed. Walter Hooper, HarperSanFrancisco, vol.3, 2007, p.246.
14 ヘンリー・シーセン『組織神学』島田福安訳・山口昇校訂、聖書図書刊行会、一九八二年。一七五―一八〇頁。
15 『詩篇を考える』、一四四―一四五頁。
16 *The Collected Letters of C. S. Lewis*, ed. Walter Hooper., vol.3, 2007, p.1045.
17 Ibid., p.204.
18 『詩篇を考える』、一四六―一四七頁。
19 同前、一四七―一四八頁。
20 同前、一四八―一四九頁。
21 C・S・ルイス「イエス・キリストをどう考えるか?」、『偉大なる奇跡』本多峰子訳、新教出版社、一九九八年。二一六―二一七頁。

22 C. S. Lewis, "Modern Theology and Biblical Criticism" in *Christian Reflections*, ed. Walter Hooper (Grand Rapids, Michigan: Wm. E. Eerdmans, repr. 1980), pp. 154-155.
23 C・S・ルイス「世の終わりの夜」、『栄光の重み』、一〇八―一〇九頁。
24 同前、一〇九―一一〇頁。
25 C. S. Lewis, *Miracles*, pp.143-144.
26 『詩篇を考える』、一五二頁。
27 Leland Ryken, "The Bible as Literature," in *The Christian Imagination*, p.175. Ibid., p.177.
28 *The Collected Letters of C. S. Lewis*, ed. Walter Hooper, vol.3, 2007, p.354.
29 C・S・ルイス『神と人間との対話』竹野一雄訳、新教出版社、一九七七年。八八頁。
30 C. S. Lewis, "Modern Theology and Biblical Criticism," 1980), pp.155-156.
31 『詩篇を考える』、一四三―一四四頁。
32 C. S. Lewis, "Modern Theology and Biblical Criticism," 1980), p.158.
33 Ibid., p. 158.

第六章　神の属性

本章では、これまでと同様に、ルイスの発言に寄り添いながら、ルイスが〈神の属性〉についてどのように考えていたかを整理し、要約提示していくこととしたい。

まず、最初に確認しておきたいことは、神の存在を信じているのであれば、神の属性を知ることができるのかということである。この問いに対し、保守的福音派の神学者ジェイムズ・オリヴァー・バズウェルはトマス・アクィナスを引き合いに出し、アクィナスは、神の属性についての正確な知識をわたしたちは持つことができないことを『神学大全』第一部において広範囲に議論を展開していると述べ、さらにバズウェルは、アクィナスが『対異教徒大全』第一部第三四章で、「神と被造物に適用される言葉はすべて類推的に適用される」と述べていると指摘している。[1]

では、神の属性を知り得るのかに関連して、ルイスはどのように考えているのであろうか。彼はつぎのように言っている。

われわれのうちの最も賤しい者でも、恩恵の状態においては、愛ご自身の「面識による知識」……「味わい」をいくらか持つことはできる。しかし、人はその最高の「潔さと英知においても、究極の存在「についての」直接の「知識」……を持つことはできない。ただ、類推にとどまるのみである。われわれは光によって物を見ることができるけれども、光を見ることはできない。神について述べるとしても、それは神の照明によりわれわれが知ることのできるほかのものの知識からの外挿法（類推）である。[2]

このように、ルイスは究極の存在「についての」直接の「知識」を持つことはできないが、類推によって知ることができると言う。この見解はことさらにアクィナスを意識しての発言ではなく神学上の常識を述べたにすぎないと思われる。

第一節　人間的な神概念と抽象的な神概念

さて、ルイスは類推によって得られる神概念には人間的な神概念と抽象的な神概念があること、その両者の神概念の必要性についてつぎのように言う。

神の内にあって開かれる扉は、その人がたたく扉です。……神は人格以上の存在でありますが――神の内にある人格は、それを喜んで受け入れられる人々、あるいは少なくともそれに面と向かうことのできる人々と出会うのです。わたしたちが、本当に、神を「なんじ」と呼ぶ時、神は「われ」として語り出すのです。……

この「出会い」の語らいは、無論、まるで神とわたしとが、仲のよい二人のように面と向かい合うことができるかのように、人間的なものです。実際には、神はわたしたちの上に、内に、下に、また周囲におられるのですが。人間的な語らいが、形而上的ならびに神学的抽象概念を用いて、平衡を保たねばならぬ理由はここにあります。しかし、人間的な神概念はわたしたちの弱さへの譲歩であるが、抽象的な神概念は正真正銘の真実であるなどと、ここでも他のどこでも、決して考えないようにしましょう。両概念は等しく譲歩であり、一方だけでは人を誤らせ、両者が一緒になって互いに他を矯正するのです。もしもあなたが「こんな風ではない、こんな風でもない、これもなんじではない」とそっと絶えずささやくのでなければ、抽象的な神概念は致命的なものです。抽象化は、個々の人々の生活のうちなる生命を生気のないものにし、具体的なさまざまな状況における愛というものを非人格的なものにしてしまうのです。また、素朴な神概念は、主に、不信者の回心を引きとめる点において有害であります。それがどんなに粗野な概念であっても信者には何の害にもなりません。父なる神が、あごひげをはやしていると本当に信じたために、地獄に堕ちた人が一体いたでしょうか。[3]

このように人間的な神概念と抽象的な神概念は共に等しく譲歩であり、一方だけでは人を誤らせ、両者が一緒になって互いに他を矯正するのに必要であるとルイスは認識している。これら二つの神概念は、言うまでもないが、神についての知識に接近する二つの方法である。[4]前者は、たとえば「良き羊飼い」、「神の小羊」、「神の国は……畑に隠された宝物のようなものです」といった類比、直喩、隠喩を通して神の知識に接近する肯定的な方法であり、後者はわたしたちが神と呼ぶものは無限なるもの、計り知れず、不可解、言語を絶する存在であると想定し、「これではない、それでもない」という否定的な仕方で神についての知識に徐々に接近する方法であることは周知のことであろう。

第二節　神の属性の一覧

ところで、ルイスによる神の属性への言及を、主として彼のキリスト教弁証著作のなかに探り当てるに先だって、筆者は神の属性について簡潔に説明している自他共に入手しやすい適切な情報を得ようとして様々な文献を探し求めてきたが、探し方が不適切であったためであろうか、探し求めていたものに出会うことは長い間できなかった。だが、つい最近、ウェブサイト‘Attributes of God in Christianity’[6]を知った。ここには筆者が求めていたことが簡明に記されており、神の属性についての基本情報としては充分な内容であると筆者は判断した。ここには神の属性として二七の項目が英語で示されているので『キリスト教神学用語辞典』[5]に英語の邦訳があればそれらを、なければ私訳を添えて列挙していく。なお、ここに取り上げられているものだけが神の属性とされているわけではないと言っておくべきであろう。

Aseity（自存性）:「神は独立した存在であるのでわれわれを必要としないこと」
Goodness（善性）:「神は善の最終的基準、神の存在と全行為は是認に値すること」
Graciousness:（恵み）:「神の慈悲深さ」
Holiness（聖性）:「神は罪から分離され、不朽であること」
Immanence（内在）:「神の宇宙における内在」
Immutability（不変性）:「神は変化しないこと」
Impassibility（不可受苦性）:「神は苦しむことができないこと」

Impeccability（無罪性）：「神は罪を犯すことができないこと」

☆Incorporeality（霊性）：「神の霊性は神が霊的存在であること」

☆Incomprehensibility（不可解性）：「神は完全に知られる存在ではないこと」

Infinity（無限）：「神の無限は永遠性と広大さを包含」

Jealousy（妬み）：「あなたは……それらを拝んではならない。それらに仕えてはならない。あなたの神、

主であるわたしは、ねたむ神」（出二〇・四五）

Love（愛）：「神は愛です。」（一ヨハ四・一六）

☆Mission（宣教）：「宣教は伝統的には教会の活動ではなく神の属性である」とする見解。

Mystery（秘義）：「多くの神学者は秘義を神の第一の属性と見る」

Omnipotence（全能）：「神は何でもできること」

Omnipresence（遍在）：「神はどこにでも存在すること」

Omniscience（全知）：「神はすべてを知っているということ」

☆Oneness（唯一性）：「神は単一で唯一であること」

Providence（摂理）：「世界における神の働きと世界に対する神の配慮のこと」

Righteousness（義）：「正義、救いの御業のこと」

☆Simplicity（単一性）：「神は部分的に存在せず、存在するときには完全に存在すること」

Sovereignty（主権）：「神の全能、摂理、王権、自由と関連する」

Transcendence（超越性）：「神は時空外にあり永遠、宇宙内の諸力で変化できないこと」

Trinity（三位一体）：「神は父、子、聖霊の単一体であること」

☆Veracity（真実性）：「真実を告げること」

Wrath（怒り）：「御子を信じる者は永遠の命を持つが、御子に聞き従わない者は、いのちを見ることがなく、神の怒りがその上にとどまる。」（ヨハ三・三六）

さて、ルイスはこれら二七項目すべてについて言及しているのかと問われれば、筆者は、言及の長短、深浅、解釈の差異はあるが、すべてについて発言しているように思うと言うであろう。だが、これは単なる印象にすぎないので、その根拠を示す作業は今後の課題である。したがって、本章は、二七項目すべてに関わるルイスの言説を探り当てた結果を提示することはできかねるので、それらのうちいくつかについてルイスの考えを提示するいわば本格的なルイスによる神の属性論のための予備的研究の一端であることをご了解いただきたい。

第三節　ルイスによる〈神の属性〉についての発言

第一項　人間的な神概念の属性

①愛――「神は愛です」（一ヨハ四・一六）。「……しかしクリスチャンであるわたしたちは三位一体の教義から、永遠の昔以来、神ご自身の中において、人間の「社会」に似たものが存在したということを学ぶのです――すなわち単にプラトン的な愛の形式においてだけではなしに、神のうちにこそ、もろもろの世界に先だって愛の具体的な相互作用が存在し、そこから引き出されて被造物に達していると言う意味で、「神は愛である」ということを学ぶのです。」[7] ここで言う愛の相互作用とは三位一体の神の第一格（父なる神）と第二格（子なるキリスト）のあいだの作用のことである。

ルイスは被造物の間で知られている様々な種類の愛を取り上げて神の愛を例証しようとする。人間にたいする神の愛のもっとも低次の類比は芸術家とその芸術品のそれである。神の愛は陶工と粘土あるいは建築家（神）と石（個々の会員）で作られた建造物（教会）との関係として描かれる。「わたしたち人間は、比喩的な意味においてではなく、まさに神の作品であり、神が制作したまいつつある芸術品であって、神はわたしたちがある性格をもつにいたるまで、決して満足なさらないのです。[8]」神の愛は芸術家がその作品を愛するように絶えることがないということである。

人間に対する神の愛の類比としてもっと良い例は人間と動物の愛の関係である。「私たちは主の者、主の民、その牧場の羊である」（詩一〇〇・三）。と聖書にあるように、ここでの人と動物の関係は人と犬との関係として考察できるであろう。第一に、人と犬との関係は主として人間のためのものであるという事実にある。第二に、犬は人間の基準によると人が愛するにもっともふさわしいので、人は犬の自然条件に介入し、自然状態であったときよりももっと愛すべきものにしようとする。換言すれば、人は犬に対してこのための苦痛をすべて引き受ける。なぜなら犬はほぼ愛すべき存在であるが、さらに完全に愛すべきものに値するからである。それゆえ、この類比がわたしたちに教えるのは、神の愛は犬に対する人の愛のように専制的であるということ、また「わたしたち人間は本来、わたしたちが神を愛するためにではなく（もちろんそのためでもありますが）、神がわたしたちを愛してくださるために、愛の神の「心にかなう」ものとなるように、造られた。[9]」ということである。

さて、ルイスは右記とは異なった角度から、『四つの愛』の中で神の愛について詳解している。彼は愛を四つのカテゴリー――愛情、友愛、性愛、聖愛――に分類し、愛情、友愛、性愛は人間の愛、聖愛は地上の愛を超越していると言う。

神はわたしたちのうちに与える愛と求める愛を植え付けているが、求める愛は愛ご自身である御方とはまったく似ていない。なぜなら、神の愛は求める愛ではなく与える愛だからである。「神においては、満たされることを求める飢えは何もなく、与えることを欲する豊かさがあるのみである。[10]」

神は、神自身の与える愛の分け前を人間に与えた。これは神が自然のなかに組み入れた与える愛とは異なる。そういう愛は愛する対象の善のみを、対象自身のために専ら求めるということを決してしない。それはその愛が自ら与えることのできる善、その愛自体が最も好む善、その愛が対象に対してなしてほしいと思う生活の先入観に合った善に都合のよい偏見を持っている。しかし、神の与える愛――人間のなかに働く愛ご自身――はまったく公平無私であり、ただ愛する者にとって最善のことを欲する。[11]

このように、人間の与える愛はつねに本質的に愛すべき対象に向けられるが、人間の中にある神の与える愛は「自然には愛すべき対象ではない者、犯罪者、敵、低能、自分より優れた者、あざ笑う者を愛し得る者にする。[12]」とルイスは言うのである。

ルイスは「その中に愛ご自身がはいった者のみ、愛ご自身に上るであろう。[13]」と強調する。わたしたちは不完全な存在であるがゆえに、愛ご自身がわたしたちの中に入るとき、私たちは痛みを覚えざるを得ない。だが、痛みを感じるとしても、わたしたちには神の与える愛が必要である。なぜなら、アウグスティヌスが言ったように、「あなたはわれわれをあなた自身に向けて造った。そしてわれわれの心はあなたのもとに行くまでは安らぎをえない。[14]」からである。

②生命――「神はわたしたちの存在の根拠です。[15]」神は生ける神であり、生命とエネルギーに満ちている。神は発明し、行動し、創造する。神のうちにある生命が全宇宙を創造したのである。それゆえ、あらゆる被造物を作り、あらゆる瞬間に存在している被造物を保持するという意味で、神はあらゆる生命の源泉である。「神がお造りになったものはすべて神となんらかの相似性をもっている。[16]」

ここで神の属性の一面である〈生命〉についてのルイスの説明を見てみよう。

植物の世界が神に似ているのは、その世界が生きており、神が生ける神だからである。だが、植物の生命は生物学的生命にすぎない。したがって、永遠に存在する神の生命の一種の影である。動物の世界は、生物学的生命に加えて、植物とは異なる別の種類の神との類似を有している。植物の生命と比較すると、動物の生命は神の生命の、より良いシンボルとなり得る。下等動物の生命においては、たとえば、昆虫の生命が神の生命に似ているのは神の激しい活動と豊穣さ、そして止むことのない創造力に満ちているからである。高等な哺乳類において、私たちは本能的な愛情の萌芽を見いだすことができる。それは神のうちに存在する生命と同じものではないが、神の生命に似ている。もっとも高等な動物、すなわち人間において神へのもっとも完全な似姿を持つ。なぜなら、人間は生きるだけでなく、愛し、また理解を働かせるからである。[17]

生物学的生命は、人間において最高のレヴェルに到達したが、神の生命と同じものではない。ルイスによれば、人間は、永遠の神のうちに存在する生命、すなわち霊的生命を、自然状態において持つことはできないのである。なぜなら、生物学的生命は神によって創られたものであるが、霊的生命は創られたものではまったくないからである。

私たちは生物学的生命と霊的生命にたいして同じ〈生命〉という言葉を使用するが、両者の違いは大きいので、ルイスはそれぞれに異なる名称を当てる。彼は生物学的生命を〈ビオス〉と呼び、霊的生命を〈ゾーエー〉とよぶのである。わたしたちは自然状態において〈ゾーエー〉を有しておらず、やがて枯渇して死ぬ〈ビオス〉しかもっていないのである。それは写真と現実の場所との類似、彫像と生身の人間との類似に似ている。

ビオスを持っている状態から〈ゾーエー〉を持つ状態に変わった人は、一個の彫像が彫刻された石の状態からほんものの人間に変わったと同じくらいに大きな変化を経験したことになるであろう。そして、これこそキリスト教の中心なのである。この世界は一人の偉大なる彫刻家の仕事場で、われわれは皆彫像なのである。だが、今この仕事場に、あるうわさが広がっている。いつの日にかわれわれの中のある者たちが生命を得て動き始める、と。[18]

ルイスの見解は、私たちは三位一体の第二格の生命、すなわちキリストの生命にわたしたち自身を自ら進んで明け渡すことによってのみ〈ゾーエー〉を持つことができるということであるとしている。

③ **全能**――「〈全能〉とは、「すべてを、どんなことをもなしうる能力」という意味です。聖書には、「神にはすべてができると書かれています。[19]」だが、神の全能を未信徒が誤解するのはごくありふれているとルイスは言う。未信徒は「もしも神が存在し、善であるならば、あれもこれもなさるであろう」と言いかねない。そして、もしもそういう行為は不可能であるとキリスト教徒が指摘するなら、未信徒は「神はどんなこともできると思ったのだが」と通常言い返すのではあるまいか。これにたいしてルイスは、神ご自身でさえも、絶対的に、あるいは本質的に不可能であることをなし得る力はないのだと言って、不可能性の問題について論じていく。

通常の用法では不可能ということには、「もし、……でなければ」という但し書きが潜在的に含まれます。たとえばわたしがこれを書いている場所からは通りを見ることは不可能だ——ということは、「もしもわたしが最上階に行かなければ……」ということなのです。最上階という場所に行けば、間に介在する建物を超えて向こうの通りが見えるでしょうから。[20]

つまり、この場合、「もしも……でないなら」という言葉で始まる従属節は相対的な可能性と不可能性の範疇に属しているのは明らかである。なぜならルイスが望めば最上階にいくことが可能だからである。だが、これとは異なる次元の不可能性があるとルイスは言う。

「いずれにせよ、通りを見ることは不可能です。わたしがここにじっとしている限り。また間に介在する建物が現状のままである限り。」すると誰かがこれに付け加えて、「つまり空間や視力の性質が現状のままならば」と言うかもしれません。これに対して「一流の哲学者や科学者がどう言うかわかりません。しかしわたし自身はこう応える必要を感じるのです。「空間や視力がはたしてあなたの言われるような性質のものか、わたしには分からないのですが[21]」と。

さて、ここでの「はたして」という言葉は絶対的なたぐいの可能性あるいは不可能性と関係している。「もしも……でないなら」という節が含意するものが自己矛盾であれば、それは絶対的にあるいは本質的に不可能なのである。逆に言えば、絶対的に不可能なことには但し書きはつかないのである。本質的に不可能なことは「あらゆる状況において、あらゆる世界において、またあらゆる主体にとって、不可能なのです。[22]」このように言ったあと、ルイスは、「あらゆる主体」には神自身も含まれる。それゆえ、神の〈全能〉とは、本質的に可能なすべてをなす能力を意味しているのであって、本質的に不可能なことをなし得るという意味はもっていないと明言し、つぎのように言う。

もしあなたが「神には被造物に自由意志を与えることができるが、同時に彼らに自由意志を拒むこともできる」と言おうとするなら、それは神について何も語らないのと同じです。無意味な言葉の組合せに「神は……できる」という言葉を付け加えたからといって、それが突如として意味をもつことにはなりません。神にはすべてのことが可能だということは依然として本当なのです。内在的に不可能なことはことではなく、いわば非存在なのですから。互いに他の可能性を排除するような二者択一の双方を同時に行動に移すなどということは、もっとも微力な被造物同様、神にとってもできることではないのです。それは神の全能が阻まれるからではなく、神について語る場合であっても、たわごとはどこまでもたわごとであるからです。[23]

第二項　抽象的な神概念の属性

①自存性――　神は「あらゆる条件の無条件的な前提」[24]である。神は創造者であり、神以外のすべての存在の原因である。神は神以外の事物と同等ではなく、他に依存せずにただ独りで存在しているという意味で絶対的存在である。したがって、神の存在様式とその他の事物の存在様式には計り知れない違いがある。神と比較すれば、他のすべては派生的なものである。派生的なものは、原子から大天使にいたるまで、その創造者と比べれば、存在していると言えないほどの存在なのである。なぜなら、神以外のすべてはそれ自体のうちに存

在の原理を持っていないからである。[25]

……神がなんであるかを十分に理解するなら、神は存在するかしないかということは問題にならないことを悟るだろう。神が存在しないということはつねに不可能であっただろう。神はあらゆる存在の不透明な中心であり、端的かつ全的に在るものであり、事実性の源泉である。にもかかわらず、彼は創造したがために、ある意味では彼は特殊なものであり、他の諸物のうちの一つの物であるとさえ言わなければならないのである。だが、こう言ったからといって、それは神と諸物とのあいだの測り知れない相違を減少させることにはならない。反対に、それは神のうちに、汎神論があいまいにしてしまった積極的完全性、すなわち創造的であることの完全性を認識することになるのである。[26]

さらに、旧約聖書は神の自存性と神の具体性は矛盾していないとしている、とルイスは言う。

ひとたび神は端的にわれは在ると言い、自立的存在の神秘を選言する。しかしまた、いくたびとなく、〈われは主なり〉と――つまり究極的事実であるわれは、他のではなくこの決定的性格を持っていると――言うのである。そして人々は、この特殊な性格を見出し経験するために、〈主を知れ〉と勧告されているのである。[27]

さて、いやしくも神が存在するのなら、神はもっとも具体的な存在、あるいはもっとも個性的な存在であろう。というのも、ルイスによれば、存在することは比喩的にはある形、あるいは構造を持つことを意味するからである。神の自存性は神の具体性と矛盾しないことをルイスは説明しようと試みているが、彼はある形の神を〈主なる神〉と同一視するだけで、〈もっとも具体的な存在〉についてはまったく説明していないように思われる。

だが、非形態的、非人格的、非物質的、非意識的などの否定的用語によって神のうちにある積極的性質を表現することがきわめて難しいのは、これらの否定的用語は神が私たちの持っているようなリアリティーを欠いているとそれとなく言っているように思われるからである。この意味で、神人同形論は非常に役立つのである。それは神の積極的かつ具体的リアリティーの認識を保持しているからである。

② 永遠性―― 神はその存在において永遠である。神は時間の中に存在しない。「神および神の行為は時間の中にはありません。神と人間との交わりは、人間にとっては特定の時間に起こりますが、神にとってはそうとは言えません。[28]」私たちの生は時々刻々と営まれるが、神の生は連続する時系列からなるものではない。あらゆる時は世界の始めから神にとってはつねに現在である。「神であることとは、何ものもまだ過ぎ去らず、何ものもまだ来ぬ無限の現在を経験することである、と私は確信しております[29]」と、ルイスは述べている。ルイスは小説の作者と作中人物との関係に言及しつつ、神の永遠性を説明しようと試みている。[30]「登場人物はそれぞれ作者の構築する物語の想像上の時間の中で生きなければならない。だが、作者は物語の想像上の時間の中に生きているわけでは全然ない。作者は一人の作中人物についてその人物があたかも小説の中の唯一の登場人物であるかのように考え、心ゆくまで何時間もそれに費やすことができる。「神がこの世界の時間の流れの中で急がされないのは、作家が自分の小説の仮想的時間に急がせられる事がないのと同様、神はこの宇宙の時間の流れにせきたてられることがないのである。[31]」さらに、ルイスは神の永遠性を幾何学的類比を用いて

説明しようとする。もしも時間というものを私たちが直線として思い描くのであれば、その直線が描かれているページ全体として神を思い描かなければならない。「神は、上から、あるいは外側から、あるいは全周囲からその直線全体を包含し、それをすべて見ておられるのである。」[32]

時間を超越する神の性質は、同一時間に祈っている数えきれない人々に対して神が留意することができることを説明する。他方、このことは受肉の神秘に光を当てるものでもある。どうしてキリストは神であると同時に人間であるのか。この問いは、神としてのキリストの生は時間の中にあり、人間イエスとしてのキリストの生はその時間から取られた短い期間であると想定している。だがしかし、地上におけるキリストの生は全時空を超越する神としてのキリストの生とのいかなる時間関係にも当てはめることができない、とルイスは考えるのである。[33]

③ 遍在——神はその存在において無限である。ゆえに、神は遍在する。「戦時の学問」という説教で、ルイスは空間における神の遍在に触れている。

神が空間を充たすのは、一つの肉体が空間を充たすような、神のいくつかの部分が空間のうちのさまざまな部分にあって他の物体をそこから排除するというような意味においてではありません。しかし、すぐれた神学者によれば、神はいたるところに——空間のあらゆる点に欠くるところとてなく臨在して——おられるのです。[34]

だが、神の遍在は誤解されがちな属性である。遍在の教義は、それ自体、ほぼ全面的に消極的な価値を有している。なぜなら一つには汎神論が神はどこにでも存在すると主張するからであり、もうひとつには理神論者が神は空間の中に探し求められると本気で考えるかもしれないからである。それゆえ、ルイスは神の遍在よりも特定の事物のうちにおける神の臨在を考えることの方がずっと賢明であると言う。[35] なぜなら、単なる遍在はガスのように空間に広がったものの概念を素朴な人々に与えるからである。[36] ルイスは、汎神論に反駁するために、神は「普遍的な存在」ではないと主張する。もしも神が存在するとすれば、神はいかなる被造物でもないであろう。というのも普遍性は何も創造できないからである。[37] ルイスは遍在という用語が神の存在様式とその他の事物の存在様式の計り知れない相違を消し去る傾向があることを明確に気づいているのである。

それ［遍在］はまた、神の現存の様式の特異性を曖昧にするものであり、神は個々の事物に現存するが、かならずしも同じ様式ではないという真理、すなわち、神は聖別されたパンやぶどう酒のなかにおられるようには人の中におられず、善人のなかにおられるようには悪人のなかにおられず、また、獣のなかにおられるようには木々のなかにおられず、あるいは、木の中におられるようには無機物のなかにおられぬという真理を曖昧にしてしまうものであります。[38]

ところで、言うまでもなく、空間における神の遍在は宇宙旅行によって空間の中に神を見出さなかったという事実によって否定できるものではない。なぜなら、地上において神を見いだせない人々は宇宙において神はどこにおいても見出せそうにないからである。[39] それは見える目によるのである。「神は空間の中におられるのではなく、空間が神の中にあるのです。[40]」

④ 不変性――神はその存在において不変である。一方で、ルイスは神秘主義者の静寂を類比に用いて、神の不変性が静的なものではなく動的なものであることを説明しようとする。神の不変性に関するかぎり、神人同形論的イメージはおよそ示唆に富むとは言えないが、汎神論的神概念よりもはるかに優れているのである。なぜなら、神人同形論的イメージは、休息している巨大なものといったイメージでは消散してしまう生ける神の有り様を保持しているからである。神の不変性は不活性や真空という概念と何の関係もない。神秘主義者の静寂は神の不変性に光を当ててくれる。彼らは静寂のうちに神に近づく。それは眠りや夢想の静寂ではなく、精神の集中と鋭敏な活動である。彼らは神のようになろうとしているのである。

物象的世界における静寂は、空虚な場所に生じる。だが、究極的平和は、生命の充満そのものによって静寂なのである。語る行為は、存在性のなかに飲み込まれてしまう。神の行為（それは神自身である）は無時間的であるから、そこにはいかなる運動もない。しかしお望みなら、諸君はそれを無限大のスピードで動く運動と呼んでもよい。それは結局、休息と同じものなのだが、ただそこに到達する道が違うのだ――そしてそれはおそらく誤解を生じることのより少ない道である。[41]

このように、ルイスは神の不変性が完全な不活発、無時間的な精神的・霊的不動性であることを明らかに否定している。神の不変性は静的なものではなく動的なものであると確信しているのである。他方、ルイスは神の不変性という教義についてつぎのように言っていることは興味深い。

聖書は神の不変性[42]という教義を守る配慮をいささかもしていないことを、あなた認めなければなりません。

わたしたち人間は、神の怒り、あるいは憐れみを絶えず喚起し、さらに、神を「深く悲しませる」者としても描かれているのです。こういう言い回しが比喩であることは承知しています。しかし、そう述べる際に、この比喩を捨て去って、いわば、その背後にある純粋な正真正銘の真実に到達できるという考えを、密かに持ち込んではなりません。この比喩的表現に代わりうるものは、実際のところ、なにかの神学的抽象であります。そして、その抽象的概念の価値は、全くと言って良いほど消極的なものです。それは、平凡な、いわば、統計学で用いる外挿法によって、比喩的表現から愚かしい結論を引き出すことを、わたしたちに警告しているのです。[43]

以上、本章は〈神の属性〉についてのルイスの発言を彼のキリスト教弁証著作の中から探り当てて要約提示し、若干のコメントを添えたものである。生命と永遠性を神の属性として取り上げながらも、神の善、神の美、神の超越と内在などについてルイスは言及しているので、それらを取り上げていないことに心残りはあるが、読者には少なくともルイスが神の属性について言及しているということだけは了解していただけたのではないかと思う。既述したように、本章はルイスによる神の属性論のための予備的研究の一端を提示したに過ぎないものであり、キリスト教弁証家としてのルイスの慧眼と視野の広さに比して筆者の提示内容等のつたなさを思うにつけ、萎縮せざるを得ないが、ルイスの言葉に励まされてきた平信徒の一人として、本章が読者において、ルイスの言葉に励まされ、彼によるさらに明快かつ神の属性論を構築するためのたたき台になれば誠に幸いなことである。

1 James Oliver Buswell, *A Systematic Theology of the Christian Religion*, Zondervan, 1981, p.29.

2 C・S・ルイス『四つの愛』蛭沼寿雄訳、新教出版社、一九七七年。一七三—一七四頁。なお、（類推）は筆者の挿入。
3 C・S・ルイス『神と人間との対話』竹野一雄訳、新教出版社、一九七七年。三七—三八頁。
4 Michael J. Christensen: *C. S. Lewis on Scripture*, WORD BOOKS, 1979, p.58.
5 ドナルド・K・マッキム『キリスト教神学用語辞典』高柳俊一・熊澤義宣・古屋安雄監修、日本キリスト教団出版局、二〇〇二年。
☆は当該辞書に邦訳がみられない語彙。
6 http://en.wikipedia.org/wiki/.../attributes_of_god_in_christianity.
7 C・S・ルイス『痛みの問題』中村妙子訳、新教出版社、一九八七年。二六—二八頁。
8 同前、四六頁。
9 同前、五四頁
10 『四つの愛』、一七四頁。
11 同前、一七六頁。
12 同前、一七七頁。
13 同前、一八八頁。
14 同前、一九〇頁。
15 『神と人間との対話』、一一五頁。
16 C・S・ルイス『キリスト教の精髄』柳生直行訳、新教出版社、一九八八年。二四四頁。
17 同前、二四五—二四六頁。
18 同前、二四六—二四七頁。
19 『痛みの問題』、二四頁。
20 同前、二四頁。
21 同前、二五頁。
22 同前、二五頁。
23 同前、二六頁。
24 同前、五六頁。
25 C. S. Lewis. *Miracles: A Preliminary Study*, Macmillan, 1947, rep. 1978, p.88, Paper Backs.
26 同前、一五七頁。
27 同前、一五六頁。
28 『神と人間との対話』、八一—八二頁。
29 同前、一七六—一七七頁
30 『キリスト教の精髄』、二五八—二五九頁。
31 同前、二五九頁。
32 同前、二六〇頁。
33 同前、二六〇—二六一頁。

34 C・S・ルイス「戦時の学問」、『栄光の重み』西村徹訳、新教出版社、一九七六年。一八四―一八五頁。
35 『神と人間との対話』、一二二―一二三頁。
36 同前、一二三頁。
37 C・S・ルイス『奇跡論―一つの予備的研究』柳生直行・山形和美訳、『C・S・ルイス著作集』第二巻、すぐ書房、一九九六年。一五五頁。
38 『神と人間との対話』、一二三頁。
39 C. S. Lewis: *Christian Reflections*,ed. Walter Hooper,Wm.B.Eerdmans (rep.1975), p.171.
40 『神と人間との対話』、一九五頁。
41 『奇跡論』、一六五頁。
42 〈不動性〉と訳している原語は“Impassability”であるので、不変性とすべきである。C. S. Lewis, *Letters to Malcolm: Chiefly on Prayer*, A Harvest HBJ Book, 1964, p. 51.
43 『神と人間との対話』、八七頁。

第七章　『奇跡論』詳解

本章の目的はC・S・ルイス研究の領域において独創性を打ち出すことではなく、ルイスの『奇跡論――一つの予備的研究』（一九四七年、以下『奇跡論』と表記）を取り上げ、ルイスの奇跡に対する考えのエッセンスを読者に提示し、ルイスの神論の体系化に資することにある。[1]

周知のごとく、ルイスの精神活動の分野を数語で簡述することは困難である。彼は中世・ルネサンス文学の学者として『一六世紀英文学――劇を除く』、『愛のアレゴリー』、『廃棄されたイメージ』などを著しているのみならず、ファンタジー作家として、ランサム三部作や『ナルニア国年代記物語』などを創作しており、また、彼は文学批評家として『批評における一つの実験』なども著し、詩人でもあった。このようにルイスは多才であったが、ルイスの人気の理由は『ナルニア国年代記物語』を書いたファンタジー作家としてのルイスはもとより、『悪魔の手紙』、『キリスト教の精髄』などを含むキリスト教弁証家としての活躍によるとも筆者は見ている。なかんずく、『奇跡論』はその魅力的なタイトルのゆえに最も人目を惹く著作の一冊であろう。

『奇跡論』は三部一七章、およびエピローグ、二つの付録から成っている。ルイスの最も良く知られているもうひとつのキリスト教弁証著作『キリスト教の精髄』と比較すると、『奇跡論』の方がもっと綿密に議論が展開されている。ただ、『奇跡論』は『詩篇を考える』の敬虔な雰囲気を欠き、また『神と人間との対話』に見られる幅広い神学的関心を欠いている。とはいえ、『奇跡論』は、神の超自然的な力を信じる人々にとってだけではなく、まじめに永遠の真理を求める人々にとってもルイスが著した最も重要な著作の一つであり続けるであろう。

第一節　二つの異なる見解——自然主義と超自然主義

ルイスは『奇跡論』の初めの章で、自らが訓練を積んだ歴史家ではなく、キリスト教の奇跡の歴史的証拠を調べる意図はないと明言する（4）。ルイスの主たる関心は筋の通った議論によって、奇跡は可能であることを論証することにある。ルイスは、奇跡の可能性ないし蓋然性についてなんらかの考えを得るために歴史的文献に取り組むことは無駄であり、奇跡が可能かどうかという哲学的議論が最初でなければならないと主張する（4）。

ルイスは奇跡を「超自然的な力による自然への介入」と定義する（5）。このことはルイスが自然のみならず超自然を信じるということを意味する。そして彼は宇宙に関する二つの基本的な考え方を説明しにかかる。すなわち、一方は、宇宙に対する自然主義的見解であり、もう一方は超自然的見解である。自然主義者は自然以外はなにものも存在しないと信じるが、超自然主義者は、自然以外に、なにか他のものが存在すると仮定する。自然主義者にとって、究極的事実とはそれ自体ひとりでに進行している時空内の巨大なプロセスである（6）。他方、超自然主義者は、それ自体で存在する唯一の基本的なものがそれ以外の事物を存在せしめたと考えるのである（7）。

しかしながら、自然主義者と超自然主義者の相違は神を信じることと信じないことの違いではなく、自然を越えた神と自然に内在する神との違いであることに注意しなければならない。なぜなら、自然主義は宇宙の全プロセスから生じる内在する神を受け入れることができるし、そのような神は自然の外に立つことはないし、基本的な事実が含んでいた事物のひとつにすぎないからである（6）。換言すれば、自然主義者は超自然主義者が受け入れる創造者なる神を拒絶するということである。

さて、ルイスは、もしも超自然主義が真であれば、自然は様々な奇跡から安全ではいられないだろうと言う（10）。なぜなら自然は存在する唯一のものではないからである。他方、自然主義が真であれば、奇跡は不可能である。なぜなら自然はすべてであり、それゆえに、なにものも自然の外部から自然の中に入り込むことができないからである（10）。このことゆえにこそ、われわれが奇跡の問題に取り組むに際し、超自然主義と自然主義のどちらかを選択しなければならないのである。

つづいて第三章において、ルイスは自然主義の論理的、実践的難点を指摘する。第一の難点は、もしもわれわれがわれわれの思考の価値を疑うのなら、思考によってなにかを証明しようとしても無駄であるということである。ルイスは自然主義者の論理についてつぎのように批判する。

> 全宇宙のすべてのものを説明しながらわれわれの思考の有効性を信じることを不可能にする理論はまったく考慮に値しないであろう。なぜなら、その理論が思考によって達せられたものであり、もしもその思考が有効でないとすれば、その理論は当然のことながら粉々に破壊されてしまうであろう。それはいかなる議論も正当でないことを証明しようとする議論——証拠のようなものはなにもないという証明——これはナンセンスである（15-16）。

さらに、自然主義にはもうひとつ難点がある。それは善悪の概念ないし道徳的判断、すなわち良心の問題である。自然主義者によれば、人間の良心は自然の産物であり、善悪というすべての概念は幻想、錯覚である。もしもこの見解が正しければ、どのような道徳的行為であれ、それをわれわれが実践する論理的要求は一切ないのである。だが、自然主義者は善悪は幻想であると認めるにもかかわらず、彼らはわれわれが「子孫のために働き、教育し、革新し、負債を清算し、人類の益のために生きかつ死ぬように（36）」と熱心に勧める。この態度も道徳的判断である。それゆえ、自然主義は自己矛盾である。ルイスはつぎのように言う。

もしもわれわれが道徳的判断を続行するのであれば（そしてわれわれはなにを言おうとわれわれは実際にそうし続ける）その場合、人間の良心は自然の産物ではないと信じなければならない。人間の良心は何らかの絶対的な道徳的叡智の横枝、「それ自身で」絶対的に存在し、非道徳的、非合理的な自然の産物ではない絶対的な叡智である場合においてのみ妥当なのである（38）。

ここまで見てきた通り、ルイスは理性と良心はその源泉が神であり、超自然の領域からの侵入者であると主張していることは明らかである。このことはルイスが、理性と良心を神の領域に属する超自然とみなすことによって、自然と超自然の連続性を強調することでもある。つまり、これは神は創造世界全体とわれわれを超越しているのみならず創造世界とわれわれに内在しているとするルイスにおける神の観念の基底にあるもっとも基本的な考えである。このことについてルイスはその遺作の中で、神についてつぎのように言っていることに注目したい。

あらゆる被造物は、天使から原子に至るまで、神と異質なものであり、神は被造物に対して比類なき他者であり、両者を比較することはできません。「存在する」という言葉でさえ、神と被造物に、正確に同じ意味において適用することはできません。ところがまた、ある被造物が他の被造物と異なるという意味においては、いかなる被造物も神と異なりはしません。被造物が互いのうちに存在することは決してできませんが、神は被造物のうちにおられるのです。被造物それぞれにおいて、その実在の根拠、源、絶えざる供給源として。善なる理性的被造物においては、光として。悪しき被造物においては、不愉快かつ抵抗しても無益な火として、初めはくすぶった不安、そして後に焼けつくような苦悶として現存するのです。[2]

第二節　奇跡的出来事の真偽を判断する基準

さて、ルイスは奇跡的出来事に関する大部分の説明は間違いであるから、特定の奇跡的出来事を判断する基準を見つけなければならないと主張する（100）。そして彼は、「〈われわれがこの出来事にどの程度の証拠を要求すべきであるか〉という質問に対する答えは」、「この出来事はどのていど本質的に蓋然性があるのか」というわれわれの質問に対する答えに依拠していると言う（100）。したがって、その基準は蓋然性の基準でなければならない。ルイスは、先行の奇跡的出来事の可能の蓋然性ではなく歴史的蓋然性に関心があると明言し、デヴィド・ヒュームの有名なエッセイ「奇跡論」について言及する。

ヒュームによれば、蓋然性はわれわれの過去の経験の多数決と呼び得るものに基づいている。ある事が生起すると知られれば知られるほど、それがふたたび生起する蓋然性が増すが、生起する度合いが頻繁でなければないほど蓋然性は減少する。ところで、自然のプロセスの規則性は過去の経験の多数決以上のものによって支持されている。それはヒュームの言うように満場一致、すなわち、「堅固不変の経験」によって支持されている。実際に、奇跡に対するヒュームの「一定不変の経験」がある。そうでなければ、それは奇跡にならないだろうとヒュームは言う。したがって、奇跡というものはあらゆる出来事のうちで最も不可能なことである。奇跡を信じるという証人は奇跡が起こったとウソをついているか勘違いしているとする方が常にありそうなことである（101－102）。

これに対して、ルイスは奇跡に対する「一定不変の経験」というヒュームの見解を論破する。奇跡に対する経験が一定不変であるとどのようにして知るのであろうか。それは奇跡に関するすべての報告が虚偽であるとわれわれが知っているときだけである。その場合、それらの報告が虚偽であるとどのようにして知るのであろうか。それは奇跡が一度も生起していないとわれわれがすでに知っているときだけである（102）。これは堂々めぐりの議論である。つまり、ヒュームの主張は実際には初めから奇跡を否定する哲学的見解によって色づけられた一種の信念の表明なのである。

ヒュームに対するもう一つの反論は蓋然性の概念に関係がある。ルイスは、「蓋然性の全概念は（ヒュームが理解しているように）自然の一定不変性の原理に依拠していると言う。そしてルイスは「奇跡は生起するのか」という質問と「自然のプロセスは絶対的に一定不変であるのか（102）」という質問は、異なった仕方で問われた同じ質問であると言い、ヒュームは後者の質問に対して「イエス」と答え、この「イエス」を前者の質問に対する「ノー」の根拠としていると指摘する。それゆえに、ヒュームの主張は悪しき堂々めぐりの議論に基づいているのである。

ところで、ルイスはヒュームの自己矛盾とはべつに、自然の一定不変性に対する人間の信念について言及する。その信念には三つの理由があると言う（104）。それらは、①われわれは習慣の生物であるので、新しい情況が古い情況に似ていることを期待すること。②自然は明日いつものように振る舞わないかもしれないという理論的可能性を、それについては何事もなしえないので、削除する傾向。③故サー・アーサー・エディントンの「科学において、われわれはときどき心に抱いても証明できない確信を持つことがある。われわれは〈事物の直覚的な適合性〉によって影響をうけるのである」という主張である。

ルイスは最初の二つを非合理と見なし、最後のエディントンの見解を自然の一定不変性に対するわれわれの信念の主たる源泉であると見る。「事物の適合性」が外的実在のなにかに呼応をするかどうかは人が抱く哲学に影響する。この問題についても、自然主義と超自然主義の違いはまさに決定的である。これまで見てきたように、自然主義は自然の一定不変性の根拠になることはできない。なぜなら、自然主義は必然的にわれわれの最深の確信は、結局のところ、非合理的プロセスの副産物だからである。ルイスはつぎのように言う。

もしも自然主義が真であれば、自然は一定不変であるというわれわれの確信を信頼する理由はすこしもない。自然主義はそれとは全く異なる哲学が真である場合にのみ信頼することができるのである。もしも実在における最深のもの、つまり他のあらゆる事実の源泉である事実が、ある程度われわれに自身に似ているものであるなら――もしもそれは理性的霊のようなものであり、われわれはその理性的霊にわれわれの理性的霊性が由来するのであれば――その場合、確かにわれわれの確信は信頼することができるであろう。無秩序に対するわれわれの反撥は自然とわれわれの創造者に由来しているのである。われわれが信じることに耐え得ない無秩序な世界は神が創造することに耐え得なかった無秩序な世界である（105）。

〈事物の適合性〉は科学に深く根ざした方法論である。「人々が科学的になったのは自然の法則を期待したからであり、自然の法則を期待したのは立法者を信じたからである。」現代の大部分の科学者たちの精神には自然の一定不変性に対する信頼のみは生きながらえているが、立法者にたいする信念は場所を得ていないのである。立法者の拒絶とともに、科学が必然的に自然の一定不変性にたいする信頼を失うのも時間の問題であろうとルイスは言い、一定不変性に対する信頼の喪失と共に、科学時代が終わりに近づいていくのではないかと疑うのである（106）。そしてルイスは、神学が、奇跡、科学、自然の一定不変性について言うことをつぎのように提示して見せる。

……神学は、事実上、あなたにつぎのように言う。「神を認め、神とともにすこしの奇跡の可能性を認めなさい。そうすれば、私はその代わりに、圧倒的多数の出来事に関して、一定不変性に対するあなたの信頼を承認する。一定不変性を絶対的なものとすることをあなたに禁じる哲学もまた一定不変性は一般的であり、ほぼ絶対的であると信じる確固とした根拠をあなたに差し出す。全能に対する自然の主張を威嚇する存在は自然の合法的な出来事において自然と一致するのである。このタールがあれば、舟は助かる。タールを塗らなければ実際にはもっとひどくなる。自然を絶対的なものにしようとすれば、自然の一定不変性は可能でなくなることに気づくであろう。あまりにも多くを望めば、なにも得られず、ヒュームのように暗礁に乗り上げてしまう。神学は実用的な取り決めを差し出すのである。つまり、科学者は自由に実験を継続できるし、キリスト教徒は祈りを継続することができるのである（106）。

以上のことから、ルイスは奇跡を自然の法則の侵犯と定義することに反対し、奇跡を神による自然の一定不変性への介入と考えていることは明らかである。最終的に、ルイスは〈事物の適合性〉を奇跡的出来事の判断基準と見なすのである。ついでながら、筆者は奇跡の判断基準ないし蓋然性の基準をめぐる議論についてここで私見を添えておかなければならない。ある人はルイスの議論は堂々めぐりであると疑うかもしれない。なぜなら、われわれの「適合性」は理性的霊、すなわち神に由来している場合にのみ信頼できるとするからである。換言すれば、ルイスは奇跡の判断基準を神を認める哲学を根拠として確立しようとしているのである。だがしかし、ルイスの主張は非論理的でも矛盾でもない。なぜなら、彼は自然主義は真でなく超自然主義が真であることをすでに証明した上で議論を展開しているからである。

第三節　壮大なる奇跡――受肉

ルイスは「壮大なる奇跡」、すなわち受肉について論じるに際してつぎのように言う。「特定の奇跡の適合性、つまり基準は壮大なる奇跡との関係に依存している。壮大なる奇跡を除外する奇跡についての議論はすべて無益である（108）。そこでルイスは壮大なる奇跡の適合性を確保するためにつぎのような類比に訴える。

われわれが小説の手書き原稿の一部あるいはシンフォニーの楽譜の一部を持っていると仮定しよう。誰かがわれわれのところに新たに発見された手書き原稿を持ってきて言う、「これはこの作品の行方不明の部分である。この部分はこの小説の全プロットが実際に決まるその章である。あるいはこの楽譜こそこのシンフォニーの主要テーマである」と。その場合、われわれのなすべき事は、新たに見つかったその文章が発見者の主張している中心的な場所に収まるとすれば、われわれがすでに知っているすべての部分を実際に明らかにし、「すべての部分をまとめる」かどうかを確認することであろう。……新たにみつかった文章やシンフォニーの主要なテーマそれ自体に多く問題があったとしても、新発見が難題を絶え間なく取り除くことができれば、われわれは依然としてそれを真性なものと考えるべきである（109）。」

さて、受肉の教義の中心には自然それ自体の原型的パターンである死と再生のテーマがあり、それは「神のテーマの短調への移調（112）」の一つであるとルイスは言う。新約聖書において、地面に落ちる種の類比はめったに言及されないが、キリストは、アドーニスやオシリスが毎年死んで甦る神話の穀物王に似ている。この「類似」は非現実的でも偶然でも全くない。というのも穀物王は（人間の想像力を通して）自然の事実に、そして、自然の事実は自然の創造者に由来するからである。つまり、死と再生のパターンは最初に神の内にあったがゆえに自然のうちにある」とルイスは言うのである（115）。

さて、ルイスはこのように述べてから、受肉の教義を四つの原理、すなわち、①人間の混合的な性質、②死と再生のパターン、③選別、④身代わり、と関係づける議論を展開する。ルイスは、人間の混合的性質は超自然の自然への降下であり、人間は自然と超自然の間の境界的存在であり、他の三つは自然それ自体の特徴であると言う。

第一項　人間の混合的性質

イエスの神性と人性はルイスの神観の隅石の一つである。彼はわれわれの混合的な存在は「神の受肉それ自体のかすかなイメージである」と信じる。永遠の自存的霊が自然の人間のオーガニズムと合体していることについて、ルイスはつぎのように言う。

もしも神が人間の精神の中に降り、人間の精神が自然の中に降り、そしてわれわれの思考がわれわれの感覚や情熱のなかに降るとすれば、また、もしも大人の心が（といっても最善の心のみだが）子どもたちとの同情の中に降り、そして人々はけものの中に、それからすべてのものが一緒になり、全実在が、自然も超自然も、その中で生きているわれわれは、われわれが思っている以上に雑多に、微妙に調和していると理解できる（111）。

このように、ルイスは受肉の教義に言及しながらすでに記したように、創造者と被造物との存在論的な連続性を強調しているのである。

第二項　死と再生のパターン

このテーマの核心は二つの要素から成っている。ひとつは〈神話が事実になった〉ということ、もうひとつは自然それ自体の再創造である。ルイスは神話と事実の関係を激白する。

私の現在の見解は事実の面で、長い準備を経てついに神が人間として受肉するのと同じように、記録の面において、真理はまず神話的な形で表れ、つぎに長い凝縮化のプロセスないし焦点化によってついに歴史として受肉するのである（133－134）。

彼はまた、つぎのようにも言う。

存在の観点から、「神が人間になった」と述べられていることは、人間の知識の観点から「神話が事実となった」という言明を含むことは偶然的な類似ではない。[3]

死と再生のパターンは降下と上昇を含意する。キリストが「神話の〈天〉から歴史の〈地上〉に来た」(134)のはふたたび上昇し、キリストと共に全世界を上昇させるためである。したがって、このパターンは贖われた人間性ないし自然の再創造のテーマである。その意味で、〈かれは天から降ってこられた〉は、「天は地上を天へと引き上げた」[4]とほぼ翻訳できるであろう。

第三項　選別

選別は自然が習慣的に行うことである。だが、それは神の方法でもある。イエス・キリストの系図の記録は選別が神の方法であることを論証している――すなわち、アブラハムからイエスを生んだマリアまでの選別である。

第四項　身代わり

身代わりもまた自然の特徴である。自給自足は自然の領域においてだけでなく社会生活においても不可能である。なぜなら、すべてのものはすべて他のものに依存しているし、他のものの犠牲により、他のものに依存しているからである。その意味で、善人はすべて悪人すべてのために苦しむということは真理である。したがって身代わりとは無実の人間が罪人のために苦しむのである。要するに、受肉の教義が信じられるのはわれわれの全知識を見事に照明し統合するからである。

第四節 キリストの奇跡

自然と神との関係についての強調はキリストの奇跡の議論においても見てとれる。ルイスはキリストの奇跡について論じるにあたって、キリストの奇跡とその他の多様な奇跡（グリムのメルヘン、オヴィディウスの『変身譚』、イタリアの叙事詩に見出される奇跡）との違いについてまず指摘する。要は、キリストの奇跡は得体の知れないものではない力による侵入を示すが、神話の奇跡は自然が得体の知れない力に侵入されているということである。そしてルイスは、キリストの奇跡の適合性は自然は神（a god）によってではなく自然の神（the God of Nature）によって侵入されているという事実にあると主張する。われわれはすでに受肉それ自体は自然の神、すなわち創造者なる神との連続性を含意していることを見てきた。キリストの奇跡についての議論もまた自然と自然の神をめぐるものである。

ルイスによれば、キリストの奇跡は二つの方法で分類される。第一の分類では①豊穣の奇跡、②癒しの奇跡、③破壊の奇跡、④無機物の支配の奇跡、⑤逆戻しの奇跡、⑥栄化の奇跡である。これに対して第二の分類では、これら六つの奇跡を二つのカテゴリーに分ける。一つは古き創造の奇跡、もう一つは新しき創造の奇跡である。そしてルイスはキリストの奇跡と古き創造の奇跡ならびに新しき創造の奇跡の違いについてつぎのように言う。

それぞれの奇跡は神が自然の全カンバスを通して大きすぎて気づかない文字ですでに書いたもの、また、書こうとするものをわれわれのために小文字で書く。それらは神の現実的な、あるいは未来の宇宙に対する働きのいずれかに焦点を置く。それらがわれわれが大きなスケールで見ている働きを再生産するとき、それらは古き創造の奇跡であり、それらが来たるべき奇跡に焦点をおくとき、それは新しき創造の奇跡である。それらの奇跡はひとつとして孤立も矛盾もみられない。それぞれはわれわれが良心や自然を通して知っている神のサインなのである。それらの真性さはそのスタイルによって論証される（134－135）。

このようにルイスによれば、豊穣の奇跡、癒しの奇跡、破壊の奇跡、そして無機物を支配する奇跡は古き創造の奇跡に属し、新しき創造の奇跡は無機物を支配するいくつかの奇跡、逆戻りの奇跡、そして栄化の奇跡を含む。ルイスが古き創造の奇跡を扱うとき、彼は自然と自然の神の関係ないし両者の連続性を強調するのに対して、新しき創造の奇跡の場合には贖われた人間のみならず自然の再創造をも強調する。

第五節　古き創造の奇跡

第一項　豊穣の奇跡

この奇跡の一つはイエス・キリストがカナの結婚式の祝宴で水を葡萄酒に変えたことである。

この奇跡はすべての葡萄酒の神が現存することを宣言する。葡萄の木はヤハウェイによって与えられた祝福の一つである。ヤハウェイこそ擬似神バッカスの背後の実在である。毎年、自然の秩序の一部として神は葡萄酒を造る。神は水、土壌、そして陽光を、適切な条件下で、葡萄酒になる液体に変えることのできる植物の有機体を造ることによってそうするのである。したがって、ある意味で、神は絶えず水を葡萄酒に変えているのである。というのも、葡萄酒は、他のすべての飲み物と同様に、変質した水だからである。かつて、一年に一度だけ、受肉した神はプロセスを省き、一瞬のうちに葡萄酒を造る。水を保持するために植物繊維の代わりに陶器の甕を用いる。だが、神はご自身が常に行っていることをするために甕を用いるのである……イスラエルの神は人の心を喜ばすために何世紀にもわたってわれわれに葡萄酒を与えて来たのである（136）。

ここでの奇跡は葡萄酒を造る時間の短縮ないし高速度にあるとルイスは主張しているのである。キリストは、バッカスやアドーニスと違って、神話の登場人物ではなくポンテオ・ピラトの統治下の時代に生き、一度死んで甦った人間であり、それと同時に、キリストは自然の中に反自然的な霊を導入しない受肉した神であり、自然の神なのである。キリストは、自然の主であり、すこしのパンと魚をたくさんのパンと魚にする。この場合においても、奇跡はプロセスの短縮ないし高速度にある（136）。

第二項　癒しの奇跡

この奇跡についてルイスが抱いているのは〈暗示〉ないし〈信仰による治癒〉ではなく、人間の〈暗示〉の可能性を越える福音書内にみられる奇跡である。ある意味で、癒すのはどの医者でもない。「魔法は医術にあるのではなく患者の体の内に、自然治癒力（*vismedricatrix naturae*）のうちに、自然のもつ回復力ないし自己矯正エネルギーのうちにある（140）。」癒しの力は自然の創造者である神の内にある。

癒される者はすべて神によって癒される。神の摂理によって人々が医学的な助力と健康に良い環境を供給されるという意味においてだけでなく、人々の損なわれた体細胞が、自然の全体系を活性化させる神から流れて遠くから降ってくるエネルギーによって修復されるという意味においてでもある（140）。

ルイスはキリストが自然の主であることを強調することによって、キリストの奇跡的な癒しは彼のカリスマ的な人格に起因するということを否定するのである。御言葉は肉となってしばし我らの間に生きた。「現在いたるところに存在する彼［神］を知らない世界は彼が局所的になることによって救済されたのである（140）。

第三項　破壊の奇跡

イチジクの凋落はキリストの唯一の破壊の奇跡である。この奇跡は道徳的意味合いを有する譬えであるとルイスは認めながらも、このこともまた神が断続的に自然を通して行うことであると主張する。死は両面価値的である。死はサタンの武器であり神の武器でもある。死は罪の結果であるが、贖いの手段である。神は人類の堕落以来、人間の死の神である。「……そしておそらく、神は創造以来、有機体の死の神であった（141）」とルイスは言う。そして彼はさらにつぎのように言明する。

彼は命の神であるがゆえに死の神である。死の神であるのは、死を通して、命の豊かさが増幅するからである――純粋に有機的な死の神であるのは死は有機体それ自体を時のうちに広げかつ新しいままでいるまさに方法の一部分だからである。……彼の顔はその目のうちにあのイチジクの木に否認を込めて振り返り、彼の受肉していない行動がすべてのイチジクの木に対して行うことを一度行なった。神がイチジクの木に対してなにかをした――いやむしろなにかをするのを止めたのであれば、その年パレスチナおいて、いかなる年のいかなる場所においてもイチジクの木は一本も死ななかったであろう(141)。

第四項 無機物の支配の奇跡

これらの奇跡のうち、あるものは古き創造の奇跡に属し、あるものは新しき創造の奇跡に属している。キリストが嵐を静める奇跡は前者であり、キリストが水の上を歩く奇跡は後者である。「キリストが嵐を静めるとき、彼は神が前に行ったことを行う。神は嵐と凪のあるような自然を創造した。その意味で、すべての嵐は……神によって静められてきたのである(141)」したがって、キリストは自然の主であり、自然の神はその創造の後、全被造物とその行為を守りかつ統御するとルイスは繰り返し主張しているのである。古き創造の奇跡はキリストがわれわれのために自然の神がすでに大きなスケールで行ったことを焦点化するという事実から成っているのである。

第六節 新しき創造の奇跡

第一項 キリストの水上歩行

受肉の教義には一貫して自然は悪に感染されていること、あるいは霊と自然がわれわれにおいて争っていることが含意されている。キリストの水上歩行において、その出来事は霊と自然が互いに和解したということである。なお、ルイスはキリストの水上歩行に言及することによって、受肉の教義に含意されている自然の再創造のテーマの強調は以下の彼の言葉に見て取れる。

神は、受肉以前、古き自然を水が人間の体を支えるような世界に創造されなかった。この奇跡は、いまだ未来のうちにある自然の前触れである。新しき自然がまさに侵入しつつあるのだ（141）。

第二項　復活の奇跡

新しき創造の奇跡を扱うに先立って、ルイスは〈福音〉ないし〈良き知らせ〉と〈福音書〉を区別しようとする。ルイスは、〈福音書〉ではなく復活の奇跡こそキリスト教の基盤であると主張し、〈福音書〉に対する自由主義的神学者たちを批判する。

福音書からイエスの言葉を選んで拾い上げ、それらをデータとし、さらに新約聖書の残りをそのデータに基づく構築物と見なすこと以上に非歴史的なことはない。キリスト教世界の歴史における最初の事実はキリストの復活を見たと言う大勢の人々である。もしもその人々がその〈福音〉を他の人々に信じさせずに死んだなら、福音書は書かれなかったであろう（144）。

このようにルイスは言い、復活について二つの基本的なことを指摘する。一つは、イエスの復活は、死者からの甦りという行為ではなく、甦った状態であった。すなわち、限られた期間の断続的な出会いによって証明された状態であったということ。もう一つは、復活は魂の不死の証拠として見なされなかったということである。では、復活とはなんであるのか。ルイスは復活は宇宙の歴史における新しい序章であると宣言する。

彼［イエス］は〈初穂〉、〈命の先駆者〉である。彼はアダムの死以来閉ざされていた扉を力づくで押し開いた。彼は死の長に立ち向かい、戦い挑み、打ち勝った。すべては彼がなしたことによって変わった。これこそが新しき創造の始まりである。宇宙の歴史における第一章が始まったのである（145）。

第三項　逆戻しの奇跡

新しき創造の奇跡は新しき自然の領域に属しているので、ラザロの甦りはキリスト御自身の復活とは異なっている。ラザロは新たな栄光に満ちた存在様式に甦ったのではなく、これまで彼がもっていた類の命を回復したにすぎない。ラザロの復活は逆戻し、つまり、われわれがつねに経験していることにたいして反対方向に働く一連の変化にすぎない、とルイスは言う（151）。だがしかし、ルイスは、ラザロの甦りは或る意味で前兆にすぎないが、紛れもなく新しき創造に属していると主張する。なぜなら古き自然は現状へのいかなる回帰をも排除するからである。

さて、ルイスは新しき想像の奇跡として、イエスの変貌について、新しき自然と古き自然の結合についても言及している。

第四項　イエスの変貌

逆戻しの奇跡が依然として未来における初穂であるように、イエスの変貌ないし〈変身〉は来るべきものの期待のかすかな現れである。マルコ福音書九章のエピソードは「〈幻〉のしるし、すなわち、それは神によって送られて偉大な真理をあらわにするかもしれないが、依然として、客観的に言えば、そのように見える経験ではない経験のしるしを帯びている」（153）。ルイスはこの幻ないし聖なる幻視についてつぎのように言う。

それ［イエスの変貌］は人間の歴史のある段階におけるキリストの人間性の特別な栄化を（人間性が明らかに有している歴史なので）示しているかもしれないし、あるいはそれは人間性が新しき創造のうちにつねに有している栄光を示しているのかもしれない。すなわち、それは復活したすべての人間が受け継ぐ栄光を示しているのかもしれない。われわれには分からないのである（153）。

われわれは新しき創造についてはごくわずかしか知り得ない。もしもそうであれば、新しき創造についてわれわれが告げられる一切は比喩的であると信じなければならないのか。「すべてがそうであるのではない」とルイスは言う。イエスの復活は歴史的真実であるか虚偽の作り話のいずれかに違いない。キリストの顕現、食べ物を食べること、手を触れること、肉体を有しているとの主張、これらは現実であったかまったくの幻覚のいずれかに違いない。いうまでもなく、ルイスは復活は歴史的出来事であり、キリストの局所的顕現は現実に起こったことであると信じる。それゆえに、ルイスは聖書を比喩的にだけでなく文字通りにも解釈するのである（153）。

第五項　新しき自然と古き自然の結合

新しき自然は、すこぶるやっかいな仕方で、古き自然とある点で結合している。新しき自然の新奇さゆえに、われわれはそれを大部分は比喩的に考えなければならない。だが、新しき自然は古き自然と部分的に結合しているがゆえに、新しき自然についてのある事実はそれらの文字通りの事実すべてにおいてわれわれの現在の経験のなかへと入り込む――或る有機体についてのいくつかの事実が有機体ではないように、また、或る堅固な体についてのいくつかの事実が直線的な幾何学の事実のように（153－154）。

この解釈方法はマルコ福音書一六章の聖句を扱うばあいにも反映している。イエスが神の右手に座ったという言明は比喩として解されなければならないが、イエスが天に引き上げられたという言明は同じ取り扱いを許さないとルイスは主張する。つまり、ルイスは昇天は、復活や変貌と同様に新しき自然に属していると言うのである。聖書にはキリストはわれわれのために天に場所を用意しに行くと記されている。この解釈は昇天と復活の教義を切り離す可能性はありえない理由なのである

ルイスは奇跡についての議論を閉じるにあたって、個々の奇跡は神の永遠のご計画の一部であることを強調する。

> 神はあたかも胡椒の容器を振るように、でたらめに奇跡を自然の中に降り注ぐことはなさならい。奇跡は重大なときに生起する。奇跡は歴史の重大な中枢——政治的、社会的な歴史ではなく、人間によっては充分に知り得ない霊の歴史の中枢において見出されるのである（167）。

これまで見てきたように、『奇跡論』は間違いなくキリスト教弁証著作である。クライド・S・キルビーがこの本の著者の意図について言っていることは確かに核心を突いている。

> 『奇跡論』は……神学的議論ではなく奇跡が可能かどうかを知りたいと本気で思っている人々に向けられている。それは、そして今日の大勢の人々を含むとルイスが信じる自然主義的ならびに汎神論的考えを持つ人々や諸集団に向けて書かれている。[5]

ルイスは一方において、理性と良心は自然の副産物ではなく、超自然の領域からの侵入者であると主張することにより、自然主義を論駁する。このことは〈完全な堕落〉という教説をルイスは否定しているに違いないことを意味する。なぜなら、もしもわれわれが完全に堕落しているならば、そのことを理性によって知り得ないからである。もう一方において、神は非人格的、空間に広がる霊などではなく、自然の創造者であり、被造物を超越していると同時に全創造世界に内在すると主張し、汎神論や理神論を拒絶する。

また、ルイスは神の至高の啓示である受肉を強調し、神ご自身が人間として歴史の中に入り込みそのコースを決定的に変えたと言う。受肉をめぐる議論は死と再生のテーマが中心である。もしもこの壮大なる受肉の奇跡が真であれば、自然の主であるキリストが奇跡を行うことができることを否定するのは賢明ではないとルイスは断言する。『奇跡論』においてわれわれが気づくことはルイスが三位一体の神を信じているということである。ただ、彼はキリストと聖霊あるいは神と聖霊の関係よりも神とキリストとの関係に焦点をあてている。彼の議論はキリストはわれらの主であり、自然の主であり、自然の神であり、そして、創造者なる神であることを強調する。また、昇天と変貌に対するルイスの強い関心は贖われた人間性と再創造された自然が完全に成就した天国に焦点が当てられている。というのも、ルイスにおいて、天国はたんなる心の状態ではなく、奇跡は「変容した世界の予表[6]」だからである。

さて、超自然に対する信念に関して、ルイスはいわゆる正統信仰の右翼に位置していると言えよう。しかしながら、聖書は文字通りにだけでなく比喩的に解釈されなければならないと言うとき、彼は正統信仰の左翼に自らを位置づけているとも言えるであろう。超自然と自然の関係については、ルイス研究の重鎮の一人ピーター・J・シェイクルが引用しているルイス晩年の秘書ウォルター・フーパーのインタヴュー発言が適切であろう。フーパーは「ルイスにおいて、自然と超自然は一方からもう一方へながれている関係であるように思えた」[7]と言っている。また、保守的福音派の神学者オリヴァー・バズウェルは「キリスト教は確かに〈超自然的〉信仰であるが、自然と超自然は出来事の便宜的な分類にすぎない[8]」と言う。フーパーとバズウェルの見解によれば、自然と超自然に対するルイスの態度は福音主義キリスト教と共鳴していると言えるであろう。

キリスト教の教義に関するかぎり、『奇跡論』にはなんら新しい事は見られない。だが、さまざまな教義を扱うルイスのやり方は独特であり、本書全体を通して比喩表現や類比が効果的に用いられている。ルイスは奇跡の可能性について知りたいと思う人々はもとより自然主義や汎神論を信じる人々に対してキリスト教の諸教義ならびに奇跡を鮮明に解き明かして納得させるべく難題に挑んだと言えるであろう。ルイスのその努力の成果と影響の広がりの一端は、ルイス召天後五〇年を期して、ウェストミンスターの〈ポエッツ・コーナー〉に彼の記念碑が置かれたことに見て取れるのではあるまいか。

1 本稿におけるルイスの『奇跡論――一つの予備的研究』の原書は C. S. Lewis, *Miracles: A Preliminary Study*（Macmillan, New York,1947, *repr.* 1978）を使用し、本文中の括弧内の数字は同書のページ数を指す。なお、原書の邦訳は筆者による。また、本章第一節の「二つの異なる見解――自然主義と超自然主義」は論の展開上必要と考え、第四章の第一節「自然主義」と重複することをご了解いただきたい。

2 C. S. Lewis, *Letters to Malcolm*（Harcourt Brace Jovanovich, A Harvest/HBJ Book, New York and London, 1973）, pp.73-74. C・S・ルイス『神と人間との対話』竹野一雄訳、新教出版社、一九七七年。一一二―一一三ページ参照。

3 C. S. Lewis, *The Weight of Glory and Other Addresses*（Macmillan, New York, 1980）, p.84.

4 C. S. Lewis, *Letters to Malcolm*, p.84.

5 Clyde S. Kilby, *The Christian World of C.S. Lewis*（W.Bm. Eerdmans, Grand Rapids, Michigan, 1978）, p.164.

6 Chad Walsh, *The Literary Legacy of C.S. Lewis*（Sheldon Press, Grand Rapids, Michigan, 1979）, p.217.

7 Peter J. Schakel ed., *The Longing for a Form*（Baker Book House, Grand Rapids, Micigan, 1979）, p.143.

8 J.Oliver Buswell, *A Systematic Theology of the Christian Religion*[1962-63]（Zondervan, 1980）, p.82.

第八章　C・S・ルイスに見る再臨の教義

第一節　キリスト教終末論

筆者はこれまでに伝統的神学の枠組を用いてC・S・ルイスの信仰論ならびに聖書観の体系化をこころみ、キリスト教弁証家としてのルイスの核心に迫ろうと腐心してきた。その探究の一環として、本章では、ルイスの終末論の体系化に向けて再臨の教義について考察することにしたい。

さて、終末論にはその強調点と理解において時代的変化が見られる。[1] 旧約における初期の終末論はイスラエル民族の解放と祝福を待望するものであったが、記述預言者たちにおいては、審判および救いが歴史の主ないし支配者としての神信仰に基づいて考えられ、終末論が成立していた。新約ではイエスにおいて〈究極的なもの〉ないし〈永遠なるもの〉が現在に啓示されたという信仰〈現在的終末論〉とイエスの再臨が近いという信仰〈〈終局史的終末論〉〉が混在していた。ここで「福音書」、「使徒言行録」、パウロ書簡、「ヨハネの黙示録」に見られるイエスの再臨に関する記述を数例取り出してみる。

私の父の家には住む所がたくさんある。もしなければ、あなたがたのために場所を用意しに行くと言ったであろうか。行ってあなたがたのために場所を用意したら、戻って来て、あなたがたを私のもとに迎える。こうして、私のいる所に、あなたがたもいることになる。（ヨハ一四・二—三）

……「ガリラヤの人たち、なぜ天を見上げて立っているのか。あなたがたから離れて天に上げられたイエスは、天に行かれるのをあなたがたが見たのと同じ有様で、またおいでになる。」（使一・一一）

また、再臨の徴に関する弟子たちの問いに対し、再臨の前兆の状況は「大きな苦難」の時期となることをイエスは予言する。

その苦難の日々の後、たちまち太陽は暗くなり、月は光を放たず、星は空から落ち、天体は揺り動かされる。そのとき、人の子の徴が天に現れる。そして、そのとき、地上のすべての民族は悲しみ、人の子が大いなる力と栄光を帯びて天の雲に乗って来るのを見る。人の子は、大きなラッパの音を合図にその天使たちを遣わす。天使たちは、天の果てから果てまで、彼によって選ばれた人たちを四方から呼び集める。[234]

（マタ二四・二九—三一）

パウロは〈パロウシア〉、〈アポカリプシス〉、〈エピファネイア〉という三つの言葉を用いてキリストの再臨を述べているとの指摘がなされている。[2] それによれば、〈パロウシア〉は、死者を甦らせるために（一コリ一五・二三）、力と栄光のうちに（マタ四二・三九）、時代の終わりに（マタ二四・三）、キリストが直に（使一・一一）、自分の民をご自身に集め（二テサ二・一）、悪を滅ぼすために（一テサ三・一三、四・一五）再臨する、などにおいて用いられている。〈アポカリプシス〉は、部分的に隠されている神の力が世界に開示され、世界は必然的に神の主権を認識するという意味で、「フィリピの信徒への手紙」二章一〇―一一節に、また、〈エピファネイア〉は受肉をも指し示し、キリストの贖いのみ業の中心的要素としてキリストの受肉と再臨という二つの出来事を結び付ける仕方で「テサロニケの信徒への手紙二」二章八節においてキリストの目に見える帰還を意味する言葉として用いられている。

「ヨハネの黙示録」は、人間の歴史の結末に関するパトモスのヨハネのヴィジョンであり、それは、「然り、私はすぐに来る」と言われる「以上すべてを証する方」の約束と、それに対する「福音書」記者の「主イエスよ、来てください」（黙二二・二〇）との反応をもって閉じられる。

さらに、イエスの昇天と再臨のあいだの密接な関係は「使徒信条」や「ニカイア信条」など主要な信条[3]に反映されている。「使徒信条」には「主は……三日目に死人のうちよりよみがえり、天に昇り……かしこより来りて、生ける者と死ねる者とを審きたまわん」と記され、「ニカイア信条」では、「また主は……我らの救いのために降り、肉をとり、人となり、苦しみ、三日目に甦り、天に昇り、生きている者と死んでいる者とを審くために来り給うのである」とあり、「アタナシウス信経」には「また我らの罪のために苦しみを受け、陰府に降り、三日目に死人の中から甦り給うたのである。天に昇り、全能の御父の右に座し給う。そこより、生きている者と死んでいる者とを審くために来り給うのである」と宣言されているのである。

ところで、イエス再臨の期待は、初代キリスト教徒たちのあいだに行き渡り、彼らの多くは生存中にキリストの再臨が起きることを期待していた。だが、それは起こらずに、紀元七〇年のエルサレム神殿の崩壊後に再臨が起こらなかったとき、彼らはキリストの再臨の日と方法に没頭することを止めて、「その日、その時は、だれも知らない。天使たちも子も知らない。ただ、父だけがご存じである」（マタ二四・三六）というキリストの言葉を遵守することになる。

アウグスティヌス以後紀元千年までは、『神の国』に見られる見解を受け入れ、キリストの再臨の時期に関する推定よりも最後の審判が強調されることになる。

最後の審判が、それゆえに、聖なる書物で予言されているとおりにイエス・キリストによって施行されるであろうということは、だれによっても否定されたり、疑問視されたりすることはない。ただし、すでに聖書の真理が全世界に示されているのに、信じ難い悪意と無知により聖書を信じることを拒否する人々は別である。その審判のときに、また、それと関連して、われわれが学んだように、つぎのような出来事が生起するであろう。エリヤがやって来、ユダヤ人が信じるようになり、反キリストの迫害が起こり、キリストが審判を行い、死者たちが甦り、正しい者と悪しき者とが分離され、世界が燃やされ新たにされる。これらのことすべてが起こるとわれらは信じる。だが、どのように、どの順序でか、人間の理解力は完全にそのことをわれわれに教えることはできない。ただ分かるのは、出来事それ自体の経験だけである。だが、私の考えでは、私が述べた順序で出来事は生起するであろう。[4]

紀元千年が近づくにつれて、千年間つづく最後の時代という歴史観が差し迫ったキリストの再臨に対する期待を促進させたが、再臨の教義内容の強調点は依然として〈パロウシア〉それ自体よりも最後の審判におかれていた。紀元千年にイエスの帰還が起こることなく過ぎたとき、他の期日が〈パロウシア〉の実現する日であると考える人々が現れた。なかでも、フィオーレのヨアキムは一二六〇年をイエス再臨の年として重んじ期待したのである。一二六〇という数字は、「マタイによる福音書」のイエス・キリストの系図を根拠にした彼独自の解釈により、アブラハムからキリストに至る四二世代を三〇倍した数に相当するもので、彼は一二六〇年を契機に聖霊の時代が始まり世の終わりまでつづくと考えたのである。

中世カトリック教会成立後は、終末意識は来世の教義となり、天国と地獄と煉獄が信じられた。その最高の文学的表現はダンテの『神曲』にみられるとおりであるが、宗教改革の時代には終末論において新たな関心が喚起され、宗教改革以後、プロテスタント神学は煉獄の概念を排除し終末論の個人的側面に力点を置くこととなった。「マタイによる福音書」二五章一―一三節に基づく〈花婿の突然の到来〉というテーマがルター派の牧師フィリップ・ニコライによって一五九九年に創作され、それがメンデルスゾーンの『エリア』に用いられていることは宗教改革の影響が見られるところである。また、カルヴァンは至福千年説に辟易していたので、「ヨハネの黙示録」に関するいかなるコメンタリーをも執拗に回避し、正典性にとっての黙示録の価値を個人的には疑問視していたようである。彼は、キリストの王国が地上の千年王国において実現するであろうという中世後期のカトリック教義を捨て去るだけでなく、「マタイによる福音書」二四章二九―三一節を比喩的に解釈することによってキリストの再臨に関する歴史的推測から注意をそらそうと奮闘し、この世の教会の歴史全体と歴史の贖いの完成を待つことに意を注いだのである。

ジョン・ノックスは『スコットランド宗教改革史』において、再臨に対するイギリス改革派の積極的側面を表現し、再臨を宇宙的回復の時と見た。また、ラティマー司教はイギリスの宗教改革時代の著作家の中で再臨についてもっとも広範囲にとり扱った人物であるが、彼にとって重要なことはキリスト再臨の日時を推測することではなく、キリストの模範について考えることであった。

だが、キリストの再臨に対する日時を求める本能はイギリスの宗教改革の伝統において根強いものがあったし、合衆国に渡ったピューリタンたちはアメリカにおける千年王国の開始としてキリストの再臨を期待した。

十八世紀の英国におけるウェスレー派のリヴァイヴァルの宣教の強力なテーマは、「主の日」は「怒りの日」として原理的に考えられるべきではなく、むしろ解放と贖いの日として考えられるべきであるということであったが、アメリカ合衆国においては十九世紀に書かれたJ・W・ハウの『リパブリック讃歌』においても千年王国の再燃を依然として見ることができる。とはいうものの、十九世紀の神学は総体として終末論を軽視し、一種の現世主義に傾いたと言えるであろう。

二十世紀における〈終末論〉復興の先駆けはJ・ヴァイスとA・シュヴァイツァーによる共観「福音書」における神の国の終末論的解釈である。彼らはキリストにおいて終末は実現したと考えた。第一次大戦後のブルンナー、ティリッヒなどは、終末が歴史の終局においてではなく、現在において成立すると考えた。キリストにおいて永遠と時間とが出会い、キリストにおいて〈現在〉は即〈終末〉であると見なしたのである。この現在的の意は、〈啓示〉の現在性のことであり、それはその成就であるところの〈終局史的終末論〉を呼び込むものである。バルト、カール・ハイム、クルマン、モルトマンなどに見られる〈終局史的終末論〉は〈現在的終末論〉を排除するものではないのであり、〈既に〉と〈未だ〉の緊張関係こそが聖書的な終末論に他ならないと思えるからである。

二十世紀には、W・B・イェイツが「再臨」を書いて、文明の崩壊とそのあとに来る事態を予言する終末論的考察を志向しているが、そこに見られるのは終末の希望ではなく、反キリストと苦難の到来のように思われる。これと対照的に、C・S・ルイスやJ・R・R・トルキーンはファンタジー形式で、また、チャールズ・ウィリアムズは劇や小説のかたちでそれぞれ終末意識に基づきキリスト教的ヴィジョンを提示していると言えよう。

以上、〈終末意識〉の歴史的展開を簡略に記したが、再臨の教義との関連で見た場合、イエスの再臨の特定の時期に対する関心、千年王国説に対する諾否、再臨に付随する最後の審判の強調などが前景化してくる。これらのことを念頭に置きながら、ルイスが再臨の教義についてどのような問題意識を抱いていたかを次に見ていくことにしたい。

第二節　ルイスが再臨を受け入れる理由

再臨とはイエス・キリストが世の終わりに再び来られるという教義である。ルイスは「平信徒にとって、〈自由主義者〉と〈モダニスト〉に反対する福音主義者とアングロ・カトリックを結びつけるのは、実に明確で重要なもの、すなわち、両者は徹底した超自然主義者であり、創造、堕落、受肉、再臨、四つの最後の事柄を信じているという事実です[5]」と述べ、〈再臨〉の教義を受け入れていることを明言しているが、超自然主義者ルイスが再臨についてどのような思いを抱いているかは「世の終わりの夜」（'The World's Last Night'[6]）に余すところなく提示されているといってさしつかえないであろう。

まず、ルイスは再臨の教義を受け入れる理由をこう述べている――「約束された脅威的な再臨を捨て去りながら、あるいは執拗に無視しながら、キリストの神性とキリスト教の啓示の真理を、ともかく信仰と認められるような形で保持することは不可能であるように思う」（93）。[7]このようにルイスにとって再臨は信仰の内実のきわめて重要な部分である。彼はこのように述べたあと、使徒信条を引き合いに出し、復活の後に昇天して神の右に座しているキリストが、世の終わりの時に、「かしこより来たりて、生ける者と死ねる者とを審きたまわん」と言っていることを挙げ、続いて、再臨の聖書的出自として「イエスは、天に行かれるのをあなたがたが見たのと同じ有り様で、またおいでになる」（使一・一一）と「あなたたちはやがて、人の子が……天の雲に乗って来るのを見る」（マタ二六・六四、マコ一四・六二）を挙げ、再臨の教義の信ずべき根拠と見ているのである。

第三節　人々が再臨に戸惑う理由およびそれに対する反駁

現代人が、キリスト教徒も含めて、再臨ということに戸惑いを覚える理由はなにか。これについて、ルイスは理論的理由と実際的理由があることを指摘する。

第一項　理論的理由

①　キリスト自身の教説の黙示的性質

キリスト再臨の教説に多くのキリスト教徒や神学者たちが距離を置くのは、アルバート・シュヴァイツァーの名と結びつく一派の思想に反発を覚えるからである。この派によれば、神学者が黙示的と呼ぶところのキリスト自身の再臨と終末に関する教えこそ、キリストの告知の真髄であり、そこから、その他のすべての教説が出ているというものであった。ルイスは、キリストの黙示のうちにその教えのすべてを読み取る人は間違っていると確信するが、或る教説を誰かが誇張して言ったからといって、それが消え去るわけでも信用がなくなるわけでもなく、まったくもとのままであると主張する（95）。問題視されるのは、キリスト自身の再臨と終末に関する教説が黙示的であるという点なのである。これに関する論理の筋道はこうである。再臨という教説が黙示的であることは主の再臨の予言をひとつの部類に組み込むことになる。すなわち、それは「バルク書」、

「エノク書」、「イザヤ昇天」などと同類ということになる。キリスト教徒もそれらを正典とは見ず、主の再臨の予言もこれらの書物とほぼ同類であるから信用ができないという気持ちになるというわけである。

無神論者はこう言うであろう――「いいかね、結局、君の自慢するイエスは、他の黙示的文書の書き手たちと同様、変人か山師だった」と。また、モダニストたちはこう言うであろう――「すみやかで破滅的な歴史の終焉に対するイエスの信念は、偉大な教師としてではなく一世紀のパレスチナの農夫としてであった。それは回避できない限界の一つであって、忘れ去ったほうがいいのだ。一世紀のパレスチナの他の農夫と彼を区別するもの、彼の道徳的、社会的教えに私たちは関心を寄せなければならない」(96)。これらの批判に対してルイスは論駁を試みるのであるが、無神論的見解よりもモダニスト的見解に対して反駁の矛先を向けている。これは、周知のごとく、ルイスが『キリスト教の精髄』の中で無神論を「子どもの哲学」[8]と言い切り、また、『痛みの問題』においてイエスを「偉大な教師」と言う人々の見解は的外れであり、彼を、正気を失った人か彼が言った通りの存在であるかのいずれかであるという二者択一[9]の対象とみなさなければならず、聖書が語るイエスの言動から彼を人となられた神であるキリストと見なすべきであると主張していることと呼応すると言える。ルイスにしてみれば論敵は無神論者ではなくモダニストなのである。

再臨の教説が黙示的であることをもってそれを拒絶するモダニストは問題を回避しているとルイスは見る。黙示というものが一世紀のパレスチナに共通のものであったというだけでキリストの黙示を拒絶するということになれば、それはとりもなおさず、一世紀のパレスチナの思想は黙示的である点が間違いであると決めつけている場合に生じる錯誤だからである。問題は再臨が黙示的であるか否かではなく、真実か虚偽かということである。もしも再臨が真実であるとするならば、そして事実としてユダヤ人が彼らの信仰によってそのことを期するように訓練されていたのであれば、ユダヤ人が黙示的文書を生み出すことはきわめて自然なことである。

そうであるとすれば、イエスが彼の時代に他の黙示的文書と類似したことを語ったということは、彼が時代の誤りに呪縛されていたということではなくて、むしろ彼の生きた時代におけるユダヤ思潮の健全な要素を神が巧みに用いられたということになるのではないか。そもそも受肉が行われた時と場所が一世紀のパレスチナであったのは、その時その所に黙示的要素が存在したからであり，再臨という教説を盛り込むのに最も適していたからではなかったかとルイスは考えているのである。「なぜなら、ひとたび受肉の教義を受け入れたならば、私たちは、一世紀パレスチナの文化環境が彼の教えを妨害したり、歪めたりするような影響を及ぼしたと思いそうなとき、心してかからなければならないのである。神の地上のいのち場所が、でたらめに選ばれた――どこかほかの場所の方がはるかに良かった――などと思うであろうか」(97)。

②イエスの予言の誤りと無知の告白

再臨の教義が黙示的であることをもってそれを拒絶することは問題回避であるとの指摘をモダニストが認めるか否かは定かではない。モダニストはつぎのように言うかもしれないからである。

なんと言おうが、一世紀のキリスト教徒たちの黙示的信念は、明らかに、間違っていたことが証明されているのだ。彼ら全員が彼らの生存中に再臨を期待していたことは、『新約聖書』からはっきりと見て取れる。しかもまずいことに、彼らには理由があった。それは当惑するような理由である。彼らの主が彼らにそう語ったのである。彼は彼らと妄想を共有したし、実のところ、彼がそれを捏造したのだ。彼は実に多くの言葉で語った――「これらのことがみな起こるまでは、この時代は決して滅びない」と。彼は間違っていたのだ。彼が世の終わりについて、ほかのだれとも同じように知らなかったことはあきらかである。

（97－98）。

こうした批判に対して、ルイスは『新約聖書』の信憑性を指摘することから反駁を開始し、イエスの無知は、彼の人性を私たちのそれと近しくする要因になると強調するのである。

「はっきり言っておく、これらのことがみな起こるまで、この時代は決して滅びない」（マコ一三・三〇）という記述と、「その日、その時は、だれも知らない。天使たちも子も知らない。父だけがご存じである」（マコ一三・三二）という言葉は、終末に関するイエスの予言の誤りと無知の告白を露呈するものであることは確かである。だが、この聖書の箇所（マコ一三・三〇、三二）と「わが神、わが神、なぜ私をお見捨てになったのですか」（マコ一五・三四）こそ、『新約聖書』が歴史的に信頼に値するもっとも強力な証拠であるとルイスは言う（98）。なぜなら、「福音書」記者ならびにその後の編集者たちに、真実を正直に伝えようとする意図と意志があったからこそ、イエスの予言の誤りと無知の告白が聖書に記されたままになっていると見るからである。

さて、ここでの問題はイエスの無知をどのように考えればよいのかということである。ルイスは「しかも、神性が肉に変わったために、一つであるのではなく、神のうちに人性をとり給うことによるのである」と宣言するアタナシウスの受肉の教義を引き合いにだし、それに立脚してこの問題を論じモダニストたちに反駁する。受肉を信じるとは、イエスが神であることを信じることであり、イエスの無知は、神が無知になることもあるということである。それは理解しがたいことであるが、同時に、イエスを信じるなら、彼が自分の無知を告白している以上、事実としてイエスがそうなりうることも確かなことになる。これに関し、神学の提示する答えは、神である人は、神のように全知で、人のように無知であるということである（99）。これは想像しがたいことであるが、真実であるとルイスは主張する。想像しがたい多くのことを提示するのはなにも神学だけではなく自然科学もそうである。だから、想像しがたい空間の歪み説さえ認めている現代人が、受肉した神の意識を想像できないと言ってもべつにあわてる必要はないのである。神の意識においては、時間的なものと無時間的なものが統一されていた(99)。ただし、神の無時間のいのちを単に別な種類の時間として想像することから生じる誤りに陥らないように注意しなければならない。なぜキリストは同時に無知でもあり全知でもありうるのかという問いや、なぜキリストは眠っている間も眠ることもしない神でありうるのかという問いは誤った問いであり、いずれもキリストの神としての無時間のいのちと、人としての生涯の間に時間的関連付けをしようとする錯誤である。なぜなら、受肉は神の生涯のうちに起こった一つのエピソードではないからである(100)。ルイスにしてみれば、イエス・キリストの誕生、成長、十字架、復活の出来事は永遠において定められていた事柄なのである。

人性が、その無知と限界のすべてとともに神性のうちに摂取されるということは、そのように摂取される人性が私たちの人性と同様、時間のうちに生き、また死ぬものではあるとしても、それ自体は時間的な出来事ではない。また、もし限界が、そしてそれゆえに無知が、このように摂取されるならば、その無知がいつかは現実に実際に露呈されることを私たちが期待するのは当然であろう。イエスが、真正な問い、すなわち答えを知らない問いを一度も発しなかったとは想像し難いことであり、想像したくもないことである。イエスはご自身の問いに対する答えを常に知っていたというのであれば、彼の人性は私たちのそれとは似ても似つかない得体の知れないものになってしまうであろう(100)。

このように、ルイスはアタナシウスの受肉論に依拠し、イエスの無知の告白をもって再臨の教説を拒否することは早計であると言っているのである。

③　近代思想の進化論的あるいは発生論的性格

再臨の教義は近代思想の進化論的あるいは発生論的性格全体と相容れないものであるとルイスは見ている。なぜなら、世界は、ゆるやかに完成に向かって成長するもの、「進歩」あるいは「進化」するものと考えるように私たちは教えられてきたが、キリストの再臨はそのような見解とかけ離れているからである。近代思想から見れば再臨の教義は途方もない謬見に他ならないのである。これに対して、ルイスは、一般に考えられているような進歩ないし進化という近代の思想はたんに一つの神話にすぎないのであり、なんの証拠もないのだと反論する。

さて、ルイスが反論するのは生物学上の原理としてのダーウィニズムではない。彼はこの原理を正しいと仮定した上で、生物学上のダーウィン理論の進化論的、その発生論的ないし進歩一般への、現代の不法な神話化を問題視しているのである（101）。彼が第一に注目するのは、その神話の発生がその理論よりも早く、あらゆる証拠に先んじていたということである。キーツの『ハイペリオン』とワーグナーの『ニーベルンゲンの指輪』は、「高等なるもの」が常に、ある固有の必然性によって、「下等なもの」にとって代わる宇宙という観念を体現した偉大な芸術作品であり、いずれも『種の起源』以前のものである。ルイスが言うに、ダーウィニズムの魅力はすでに在った神話に必要な科学的裏付けを供給したことにあり、その神話の真の源は一つには政治的なものである。それは宇宙大のスクリーンに革命の時代が胚胎させた感情を映し出したものと彼は考える。

第二に、ダーウィニズムは突然変異に基づく自然淘汰には改良を生み出す一般的傾向があるという信念を支持してはいない、とルイスは言う。その信念は幻想であって、それは以前よりも良いものに変化した数少ない種に注意を限定することから生まれてくるのである。進化が生み出した変化のほとんどは、どのような尺度に照らしてみても、向上とは言えないと見るからである。生存競争において、種は、時に応じて増殖あるいは削減により、みずからを守る。生物の歴史に進歩というような一般法則は存在しないのである。

第三に、そのような一般法則がたとえあるとしても、倫理、文化、社会の歴史に進歩の法則があるということにはならないし、実のところ、これらの場合にはそれが無いことは明白であるとルイスは主張する。進歩の信念に凝り固まった先入見なしに世界史を見るならば、その中に着実な右肩上がりの勾配をだれしも見出すことができないからである。「世界はゆるやかに完成に向かって熟しつつある」（104）という観念は再臨の教義に真っ向から反対する見解であるが、それは一つの神話であって経験の積み重ねによって導き出された結論ではなく、いわば「ドラマの登場人物がドラマの筋立てを憶測しようとする企み」（104）である、なぜなら、私たちは舞台に立っている登場人物であり、私たちにはドラマの全貌は分からないからである。自分が第何幕に出演しているのか、誰が主役で誰が端役なのかも知らない。分かっているのは作者だけ。私たちの知っているのはごく少数の同じ場面に出る登場人物だけで、他の登場人物には会ったこともない。分かっているのはドラマはいつかは終わり、終われば分かるだろうし、私たちが演じた役割に対して作者は何か言ってくれるのではないかということである。重要なのは、私たちが登場する各場面を立派に演じきることであり、後続場面をあれこれ憶測することではないということなのである。再臨の教義はこの世のドラマが終わるときを私たちは知らないし、知ることができないということを教える。それゆえに、この教説が進歩という現代神話と折り合わないという理由で斥けられてはならないのである。むしろ、再臨の教義が現代神話と相容れないからこそ価値があり、思索の対象となるにふさわしい主題なのであり、現代人に必要な解毒剤なのである（106）。

第二項　実際的理由

①　再臨の教義が過去にキリスト教徒たちを数々の愚行に導いた事実

多くのキリスト教徒たちにとって、再臨の教義を信じつつもその日時を憶測しないでいること、また、どのような山師や正気を失った人の言う日時を確実であるとは思わないでいること、それは難しいことかもしれない(106)。原始キリスト教の時代にもそのようなことを言う者たちがいたし、その後も、その日が迫ったと言う人々がいた。近代において最も有名なキリスト再臨の日時に関する予言は局地的な恐慌を引き起こしたウィリアム・ミラーのそれである。ミラーは一八四三年三月二一日にキリストが再臨すると予言した。その日、数千人もの人々が集い、キリストの再臨を深夜から明け方まで待っていたが、主は来ず、人々は遅い朝食時頃に散会したのである。このような集団ヒステリーを生起させるようなことを誰しも言いたくないことは明らかであろう。

そこでルイスは、再臨の教義にまつわるキリスト教徒たちの愚行を回避させるために論を展開する。まず、彼は再臨に関するキリストの教えを明確に提示する。キリストは確実に再臨されること。私たちはどうしてもその日を知ることができないこと。そしてそれゆえに、私たちは常に主に向かい備えねばならないこと。以上の三点である。もっとも重要なことは、その時を知ることができないからこそ、まさにそのゆえに、私たちは、常に備えなければならないという点である。まるで再臨の約束は「常に備えなければならない」ということのためになされたかのように主は何度も言われた。なぜなら「盗人が夜やって来るように、主の日は来る」（一テサ5・2）と言われているからである。だから、ウィリアム・ミラーのような人物が再び出現しても、彼に耳を傾けてはならないのである。彼にすこしでも耳を傾けるということは彼を信じる愚行とほとんど変わらないのだ。彼が知っているふりをする、あるいは知っていると信じ込んでいる事柄は、元来、誰にも知ることのできない事柄だからである。

② 絶えざる恐怖をかきたてようとすることの問題性

再臨は、それが私たちの人生の刻一刻に、ジョン・ダンの「今の今が世のおわりの夜であるなら何としよう」という問いがおなじように当てはまるのだということを私たちに分からせるのでなければ効力を失うことになるのだとルイスは言う（109）。そして、この問いは恐怖をかきたてる意図をもって私たちの心に押しつけられてきたものである。恐怖に対する対応措置として、「完全な愛は恐れを締め出す」という「ヨハネの手紙一」四章一八節に則して、人々がもはや恐れのない愛の完成へと進みゆくのであればそれは真に望ましいことである。だが、完全な愛の段階に到達するまで、無知、酒、激情、厚顔、愚昧などの手段によって恐れを締め出そうとするのは決して望ましいことではない。このように、再臨の教義による恐怖の喚起は愚かしい反動を生み出すことがあるかもしれないということである。

だが、再臨の教義について絶えざる恐怖をかきたてようとする企てにルイスが反対するのはそれとは別の理由からである。すなわち、恐怖の絶えざる喚起などということは成功しないことが確実であるというのが彼の反対理由である。なぜなら、恐怖は一つの感情であり、なんであれ、或る感情が持続することは不可能だからである。再臨に関する恐怖あるいは希望の、絶えざる興奮も同じ理由で不可能である（109）。要するに、大事なことは、再臨の教義によって危機感を覚醒させることでもなく、常に終わりを恐れたり希望することでもなく、終わりを常に忘れず、考えに入れることなのである。

第四節　再臨の教義の核心

世のおわりを常に忘れずそのことを考えに入れるということだけであるのなら、子孫のためにいろいろと努力しないでもよいと思われるかもしれない。だが、盗人のように来る主の日は、たんに世の終わりではなく審判の日である。ただし、「審判」という言葉はかつて「処罰」という意味で慣用的に用いられたが、ルイスは、それを宣告や報償としてではなく「評決」として受け取ると事柄が明確になるであろうと言う(112)。いつの日か、絶対的に正しい、完全な批評と言って差しつかえない評価が、私たちひとりひとりが何であるのかについて下されるということである。

それは無謬の評価になるであろう。……審判者の述べたそのとおりの自分であると信じるだけでなく……完全に知るであろう。その時、おぼろげなかたちでそのことを早くから知ることもできたであろうということも知るであろう。……各人についての自明の真実が皆に知られるであろう。……日々、私たちが言ったり行ったりあるいはなしえずにいた事柄が、その上に抗しがたい光、この世の光とはまるで異なる光が注ぎ込むとき、どのような姿を露呈するか、そのことを折に触れて考えるよう自己訓練することはできるであろう。それはこの世の電灯の光に対してではなく、来るべき世の日の光にたじろがないように魂の身仕度をすることである。なぜなら、その光はさらに永続するからである(113)。

イエスの再臨をめぐるルイスの論述から浮かび上がってくることを整理してみるとつぎの七つになる。一、キリストの神性とキリスト教の啓示の真理は、イエスの再臨の教義を捨象するなら、信仰と認められるような形で保持することはできない。二、キリスト自身の教説が黙示的であることをもって再臨の教義を拒絶することは問題回避である。三、イエスの予言の誤りと無知の告白こそ、聖書が信頼するにたることを証明するものであると同時にイエスの人性が私たちにとって近しいものとなる。四、再臨の教義は近代思想の進化論的性格と相容れないが、進歩の信念は現代の神話であり、それゆえに再臨の教義は現代人にとって必要な解毒剤なのである。五、再臨の時は誰も知ることができないがゆえに、終わりの日を憶測することは愚かなことであり、世界の終わりを説く人々に耳を傾けてはならない。六、再臨の教義による絶えざる恐怖の喚起は反動を生み出す恐れがあるが、危機感という感情もまた感情であるかぎり長続きはしない。したがって、大事なことは、常に終わりを恐れたり希望することではなく、終わりを常に忘れずにいることである。七、再臨の時は私たち自身に対する完全な評価が行われる時である。そのことを覚えて、自己訓練しなければならない。

このように再臨の教義に焦点を合わせてみると、ルイスの終末論の一端が明確になると思う。まず、ルイスはいわゆる千年王国説の信奉者でないことが見て取れる。また、彼は〈現在的終末論〉を意識しながらも〈終局史的終末論〉ないし〈救済史的終末論に傾いているということが言えるであろう。さらにもうひとつ付け加えるならば、ルイスの終末論は倫理的性格を帯びているということである。〈完全な評価〉を待つ魂の身仕度とは、対人関係において、また自己自身の内部の欲求の調節において、そしてなによりも神との関係において、責任的に関わることを要請するものだからである。その意味で、再臨の教義を通して見えてきた彼の終末論は現世蔑視や現世否定とは縁遠いものであり、この世の文化に対する積極的な関わりを保持するものであると言えるであろう。

1 終末論の歴史的展開の記述に関しては David Lyle Geffrey 責任編集 *A Dictionanry of Biblical Tradition in English Literature* (Grand Rapids, Michigan: Wm. E. Eerdmans, 1992) 'Second Coming' の項目に依拠し、その他、*Evangelical Dictionary of Theology*, 桑田秀延「終末の希望」『基督教神學概論』、新教出版社、一九六六年、七版、『キリスト教大辞典』、教文館、一九六六年、『キリスト教人名辞典』、日本キリスト教団出版局、一九六六年、を参照。

2 *A Dictionary of Biblical Tradition in English Literature* p.688.

3 「使徒信条」、「ニカイア信条」、「アタナシウス信経」、『信条集』「後編」、新教出版社、一九八二年。

4 Marcus Dods tr., *The City of God*, Vol.II (Edinburgh: T. & T. Clark, 1871) p.411.

5 C. S. Lewis, *God in the Dock*, ed by Walter Hooper (Grand Rapids, Michigan: Wm. E. Eerdmans, 1970), p.336.

6 C. S. Lewis, *The World's Last Night and Other Essays*, ed. by Walter Hooper (A Harvest /HBJ Book, 1973).

7 以下、本文中の括弧内の数字は前掲書のページを示す。

8 C. S. Lewis, *Mere Christianity* (Fontana Books, 1956, rpt. of 1945), p.42. なお、ルイスが、単純すぎる「子どもの哲学」と見なしているのは無神論のほかに「水割りキリスト教」がある。彼はそれを「善なる神が天にいまし、よろずのものすべて良し――と言って、罪、地獄、悪魔、贖いなどに関する難しくかつ恐ろしい教義を無視する見解」と説明している。

9 *The Problem of Pain* (Macmillan Paperbacks, 1962), p.24.

10 「アタナシウス信経」、『信条集』「後編」、一〇頁。

第九章　C・S・ルイスに見る地獄

本章では地獄に関連するルイスの見解を検討することにしたい。
ルイスは地獄を信じる理由について「戦時の学問」でつぎのように言っている。

地獄などと聞き苦しいことをいうのを赦して下さい。わたしより賢い、また善良なクリスチャンのうちに、説教の際にすら、天国や地獄について触れることを好まない人々が近ごろではたくさんいるようです。『新約聖書』中の地獄と天国に関するほとんどすべての言及はただ一つの源からしかなされていないことも、わたしは知っています。けれどもその源はイエスご自身なのです。聖パウロだという人もあるでしょうが、それは間違っています。天国と地獄についての度肝を抜くような教えは主の教えです。したがってキリスト教の教え、キリストの教会の教えからこれを取り除くことはできません。それを信じないならば、いまこうして教会の中にいること自体、ひどくばかげていることになります。もしも信じるなら、わたしたちはときに霊的な気取りを克服してこれについて語らなければなりません。[1]

このように、ルイスにとって地獄の教説を受け入れる第一の理由は、それがとりもなおさず〈イエス自身の教え〉であることによる。そして、第二の理由としては、それが〈キリスト教〉ないし〈キリスト教会の教え〉であることによる。そして、この二つの理由に加え、ルイスは第三の理由として〈理性による擁護〉を『痛みの問題』で付加していることについては後述する。

第一節　地獄と陰府の違い

ルイスが〈ハーデース〉と〈ゲヘナ〉を区別する見解を抱いていることは一九五二年一月三一日付のミセス・アーノルド宛の手紙の中に表出されている。

異教徒に関して「テモテへの手紙一」四章一〇節を見てください。また、「マタイによる福音書」二五章三一―四六節において言及されている人々は信徒でないように思われます。また、キリストが陰府（すなわち、失われた魂の地であるゲヘナではなく死者たちの国であるハーデース）へと降下して死者たちに宣教したという教義。この降下は時間の範囲を越えた出来事であって、キリストが人として生まれる以前に死んだ人々のみならずキリスト以後にかなり遅くなって死んだ人々をも含んでいるでしょう。詳細は分かりません。私たちは、（1）正義と慈悲はことごとく行なわれるであろうが、（2）それにもかかわらず、未信者を改宗させるためにできるかぎりのことを行なうのが私たちの義務であるという見解を維持しなければなりません。[2]

ここには、「使徒信条」の「主は……十字架につけられ、死にて葬られ、陰府にくだり……」に基づくいわゆる〈キリストの陰府への降下〉についての解釈が示されていることが見てとれる。ルイスはゲヘナ（懲罰の場所）とハーデース（死者たちの国）を明確に区別している。この区別は旧約時代の初期に見られた考えであり、旧約後期の「ダニエル書」や『新約聖書』（ルカ一六・二三）の〈陰府〉（ギリシア語原典では〈ハーデース〉）のように、ハーデースがゲヘナを含意したように記されている見解とは異なるものである。

さて、死者たちの国という意味でのハーデースということであれば、異教徒について言及しているこの手紙によって、異教徒の救いを主題として盛り込んだ『ナルニア国年代記物語』の最終巻『さいごの戦い』に登場するカロールメン兵士エーメスのことが思い起こされる。エーメスは邪悪なタシの神に邪悪であるとは思わずに真心をささげる一方、ナルニア世界のキリストであるライオンのアスランを憎んでいたのである。物語の終わり近く、エーメスは小屋の中にタシがいると聞かされたことで、タシに会えるなら死んでも悔いなしと言って小屋の中に入っていくことになる。彼は死者の国へ旅立つ。エーメスは、死後に、彼が生涯をかけて求めていた真の神はタシではなくアスランであったことを悟る。それはアスランがエーメスの前に現れることによるのである。つまり、エーメスは死者の国に移されていて、そこにアスランが現れ、アスランはエーメスに語りかけるという場面が設えられているわけである。これは〈キリストの陰府への降下〉になぞらえて構成されたエピソードに他ならないであろう。

第二節　心の状態としての地獄

ルイスは外在的な地獄を信じるとともに内在的なそれを強く意識している。それは『天国と地獄の離婚』第九章でジョージ・マクドナルドが語る言葉に寄せて表出されている。[3]

地獄は心の状態――そう、そのとおりだ。すべての心の状態は放置すれば地獄となる。自我の牢獄の中にみずから閉じこもることは、結局は地獄にほかならない。

心の状態としての地獄とは、精神的苦悩という拷問状態である。それについて、ルイスは一九四六年五月一三日付のアーサー・グリーヴズ宛の手紙（『共に立つ』所収）でつぎのように言っている。

地獄に関して僕が繰り返し言ってきたのは、或る魂が最終的に〈外の暗闇〉に置かれるという可能性を『新約聖書』が含意しているということです。このことが〈ぞっとするほど恐ろしい〉まったくの〈霊的〉存在に――自己の羨望、色欲、憤怒、孤独、自惚れ以外のなにものもない状態に置かれることを意味するのであれ、君の言う一つの世界や実在というようなもの、ある種の環境がなおも存在しているのであれ、僕は決して知りたいとは思いません。しかし、僕はこの問題を「〈現実に存在している〉地獄を僕が信じているのか」という形で提起するつもりはありません。自分自身の心が現実に存在しているだけで十分です。地獄が今十分に現実に存在しているように思えないとすれば、それは地獄から自然界へ逃げ込み、窓から外を見たり、煙草を吸ったり、眠ったりできるからです。しかし、自分自身の心のほかになにものも（眠る体も、本も、風景も、音も、睡眠薬も）存在しない場合、生き埋めにされた人間にとって棺が現実に存在しているように、同じように、地獄は現実に存在するのです。[4]

ルイスは『キリスト教の精髄』第三部四章で〈地獄的なもの〉とは「神と他者と自分自身に対して戦争と憎悪の状態にある存在であり……狂気と恐怖と痴愚と無力と永遠の孤独にほかならない」と述べている。それでは、〈地獄的なもの〉はなにによってもたらされるのであろうか。ルイスはその主因と結果を自己中心の心的態度であると見ている。地獄をもたらすものはそれであり、また、自己中心そのものが地獄なのである。「地獄の唯一の原理は〈俺は俺のものだ！〉」と喝破したジョージ・マクドナルドにルイスは同意するに違いないのである。また、ルイスは、『天国と地獄の離婚』において明らかなように、二重予定論と普遍主義のいずれにも反対する。そして、自己選択としての堕地獄は、畢竟、神と天国からの分離であり、人間であることからの分離なのである。

第三節　自己中心としての地獄

これについては『悪魔の手紙』の新しい序文に見て取れる。

私たちは、地獄を、誰もが自分自身の威厳と栄達に絶えず関心を払っている国家のようなものとして思い描かなければならない。そこでは、誰もが貪欲であり、誰もが、羨望と尊大さと憤懣という恐ろしく真剣な情熱を抱いている。[5]

地獄は恐怖と貪欲によって全体的に互いに保持されている役人社会である。表向き、態度は概ね物柔らかである。上司に対する無礼な態度は明らかに自殺行為になるであろう。同僚に対する無礼な態度はこちらが防備を固める前に、彼らを防備させることになるかもしれない。なぜなら、「食うか食われるか」が組織全体の原理だからである。誰もが他の連中の信用の失墜、降格、失脚を願っている。誰もが秘密報告、偽装の同盟、寝返りのプロである。このすべてについて、彼らの立派な態度、厳かな尊敬の表情、お互いのこの上なく価値ある奉仕に対する賛辞が薄い外皮を形作る。時々、その状態が中断され、彼らの憎しみの焼けつくような溶岩が噴出する。[6]

第四節　自己選択としての堕地獄

これについては、さまざまなところで表出されている。

結局、二種類の人間しかいないのだ。神に向かって〈御心がなるように〉と祈る人々と、神から〈お前の好きなようにせよ〉と言われる人々である。地獄にいる者はすべて、地獄を選択するのだ。その自己選択がなければ地獄など存在しないであろう。他方、真剣に絶えず喜びを求める魂はどれひとつとして喜びを取り逃がすことはないであろう。探すものは見いだし、叩く者に対して、扉は開かれるのだ。[7]

人は地獄に連れていかれたり、送られたりなどできない。独力でそこに行くことしかできないのである。[8]
（『暗黒の塔』）

地獄に堕ちた人々は、ある意味で、最後まで成功した反逆者であるということ、地獄の扉が内側でロックされているということを私は進んで信じる。[9]

どうして彼らがそれ〔地獄〕を選ぶことができるのですか。」私の先生は言った、「ミルトンは正しかった。すべての失われた魂の選択は〈天国で仕えるよりも地獄で支配する方がましだ〉という言葉で表現されるであろう。」彼らには悲惨を代償にしてさえも、保持しようと主張するものが常にあるのだ。喜び——すなわち、実在よりも好むものが彼らには常にあるのだ。汝はそれを、ごめんなさいと言って仲直りするくらいなら、遊びと夕食の機会を逸するような甘やかされた子どもに見て取ることは十分容易なことであろう。[10]

以上、地獄に関するルイスの言説を見てきたが、彼の悪魔観に言及せずにルイスの地獄観を考えることは、ルイスの地獄観を誤って形づくることになりかねないので、ここで、ルイスの悪魔観について多少なりとも見ておくことにしたい。

第五節　ルイスの悪魔観

宇宙には中立地帯はない。ほんの一平方インチの面積にしても、一秒の何分の一という束の間にしても、神によって所有権を主張されると同時に、悪魔によって逆主張されているのである。[11]

このルイスの発言は誇張ではない。彼は悪魔の存在を信じているのである。ただし、彼はキリスト教徒として二元論を拒絶していることは言うまでもない。たとえば、『悪魔の手紙』の新しい序文にその立場が明確に現れている。その序文にみられるごとく、ルイスにおいて理解されている悪魔は神に対立するような、神のように永遠に独自に存在する力を意味してはいない。つまり、神には対立物はないのである。いかなる存在も神の完全な善に真っ向から対立する〈完全な悪〉に到達することができないのは、あらゆる種類の善きもの（知性、意志、記憶、気力、存在それ自体）を取り去ったとき、悪魔は跡かたもなくなってしまうからである。それゆえに、〈悪魔〉は〈天使〉に対立する存在であり、悪魔たちの指導者ないし支配者であるサタンは神の敵対者ではなく大天使ミカエルの敵対者なのである。こうした悪魔観に立脚して書かれた『悪魔の手紙』において、ルイスは悪魔の誘惑がどのようなものであるかを様々に提示して見せるが、悪魔の目的はただ一つ、すなわち、人間を悪魔にとっての〈敵〉である神から引き離し、地獄へと向かわせることなのである。この意味で、悪魔は地獄からの使者である。この目的を達成するために、悪魔は必ずしもアウシュヴィッツのような悪を地上に出現させるように目論む必要はない。ルイスは、老獪な悪魔スクルーテイプにつぎのように語らせている。

> どれほど罪が小さかろうと、その累積的効果がやつを光から虚無にじりじりと押しやるのなら、なにも問題はない。トランプの賭け事でうまくいくのなら、トランプ遊びは殺人罪も同然だ。確かに、地獄へいたるもっとも確かな道は、ゆるやかな道――なだらかな下り坂、心地よい足の感触、急な曲がり角も、里程標も、道標もない道なのだ[12]。

以上、ここまで地獄に関わるルイスの記述をとりあげることで、ある程度ルイスの地獄観を明示し得たのではないかと思うが、最後に、『痛みの問題』第八章「地獄」[13]において論じられている地獄の教義に対する幾つかの疑義とそれに対するルイスの反駁を検討することで、地獄の教義に対するルイスの見解を確認することとしたい。

第六節　地獄の教義に対する疑義とその反駁

地獄の教説は、単純明快に言うならば「ある者は救われない」（153）ということである。ルイスによれば、これまで見てきたように、ある者が救われないのはみずから地獄を選択するからだということである。なぜ、地獄を選択するのかということについては、地獄を選択するのは悪しき人間であるということ、悪しき人間が地獄を選択するのは神に対して自己を明け渡すことができないからである。神に対して自己を明け渡すことのできない魂にとっては「天国で仕えるよりは地獄で支配する方がよい」ということであるのだ。

ルイスは、悪しき人間に、すべてがうまくいっているわけではないという認識を呼び起こす唯一のきっかけとなる痛みが、彼を最後的な、悔い改めることのない反抗に導くかもしれないということ、また、人間には自由意志があるので、彼に与えられるすべてのものは両刃の剣であるということを認めている（152－153）。この前提から、世界を救済しようとする神の努力が、個々の人間の魂に関しては必ずしも成功するとは確言できないということ、つまり、ある者は救われないということをルイスは主張するのである。

ただし、ルイスは、感情的には地獄の教説を好ましいとは思っていない。彼は、できるものなら、被造物の最後的な滅びを含意する地獄の教説をキリスト教から取り除きたいと考えている（153）。だが、ある者は救われないということに関して、三つの理由――（1）聖書の全面的な支持、とくにイエス自身の言葉による支持、（2）キリスト教会の教え、（3）理性による擁護――に基づいて、地獄の教説を受け入れざるをえないと彼は考える。（1）に関して、ルイスは具体的な聖書の箇所を例示することよりも、地獄の教説そのものの意義について述べる――「地獄に関する主の御言葉は、その他の主の御言葉と同じように、私たちの知的好奇心ではなく、良心や意志に向かって語りかけられている。地獄に関する主の言葉が、私たちに恐ろしい可能性を感じさせることで、私たちの行動を喚起するとき、地獄に関する主の御言葉はおそらく主が意図されたことをことごとくなし遂げたことになる」（153）と。また、（３）について、ルイスはつぎのように言っている――「〈すべての者は救われると心から言うことができればどんな代価でも払いたいと私は思う。だが、私の理性は〈本人が意図せずにですか、それとも願ってですか〉と問い返す。〈意図せずに〉と言うのであれば、私の理性は〈本人が自己を明け渡すという人間の最高の自発的な行為がどうして本人の意志なしに行なわれ得るのであろうか――という矛盾に気づく。〈意志をもって〉と言うのであれば、私の理性は「本人が自己を明け渡すことを願わないとしたらどうなのかと応じるのである。」（153－154）つまり、ルイスの理解するところでは、人は意図せずに救われることはないのであり、意図して自己放棄をしない人を、神は強制的に救うことはできないということである。

さて、ルイスが地獄に言及する必要を感じたのは、この教説がキリスト教の野蛮性、神の善に対する疑義、この教説を信じることによる人間生活の悲劇などを浮き彫りにしていると思う人々がいることを知ったからである（154）。地獄をめぐる真の問題は、神は慈悲に富む御方であるのに、なぜ地獄が存在しているのかということである（155）。神が被造物の最後的な滅びを回避するために、みずから人となって苦難の果てに十字架で死ぬほど慈愛に富む御方であると同時に、そのような英雄的な救済策が失敗したとき、たんなる力の行使によってその破滅を抑止するのをためらったり抑止できないように思われる神をキリスト教が私たちに提示するのはなぜかということである。ルイスは地獄の教説は受け入れやすいものではないが道義にかなっていると考える。彼は地獄の教説に対する幾つかの批判・反対論を提示し、それらの反対論への反駁をとおして、地獄の存在理由を明らかにしようと試みている。

第一項　地獄の存在についての反対論1

これは、地獄の意味する懲罰というものに対する反感である。ルイスは地獄を神によって課せられた明らかな応報として概念づけたが、イエスは地獄を裁判官によって課せられる判決として語っている一方、その裁きは人間が光よりも闇を選ぶという事実そのもののうちにあるということも言っており、また、イエス自身ではなくイエスの御言葉が人を裁くとも言っていることを指摘する。これは要するに、悪人の滅びを、彼に課せられた判決としてではなく、彼がそうした人間であるという事実そのものとして見ることができるということなのである。失われた魂の特徴は「彼ら自身でないところのすべてのものを斥ける」という点にあるのだ（159）。徹底的な利己主義者は、彼の前に現れるすべてのものを自己の属領に、もしくは自己の付属器官に変えようとするのである。他者というものの味わいなど全く消去されているのだ。彼の体が依然として外界との何らかの基本的接触に引き入れているのだが、死が最後の接触さえ除きさったとき、彼は自己の中に完璧に生きるという望みをとげることになる。そして、彼がそこで見出すもの、それが地獄なのである（159－160）。徹底的に利己的な人間において、遅かれ早かれ正義が確立し、たとえ、より完全な、よりよい征服が行われなくとも、このいまわしい反逆者の魂のうちに神の旗が立てられることは人々の倫理的な要求であろうとルイスは考えていたのである（158）。

第二項　地獄の存在についての反対論2

これは、かりそめの罪と永劫の罰の間の明らかな不均衡という疑義である（160）。ルイスの反駁は、時と永遠を線と立体にたとえ、人間存在を立体図形になぞらえることによって展開される。永遠を含めて人間の実在を立体図形で表すとする。立体そのものは主として、恵みと自然を通じて働く神の作品であるだろうが、人間の自由意志はこれにこの世の生活と呼ばれる基線を提供したことになろう。この基線を斜めに引けば、立体そのものが違う場所に存在することになるわけである。つまり、自由意志の行使によって、たまたまひどく妙な線が引かれて全体に悪影響を与えるとすれば、立体そのものが破壊されかねないというわけである。罪はかりそめであっても結果は重大になりかねない所以である（160－161）。

地獄について提起される同じような反論のもっと単純な形は、死は最後的なものであるべきではなく、もう一度のチャンスが人間に与えられてしかるべきであるという主張である。確かに人間がそれによってよくなるなら、百万遍のチャンスも与えられるであろうとルイスは言う（161）。だが、ルイスは学生指導の経験から、ある学生が試験を再度試みることは無益であることを知っているので、終わりというものは、いつかは必ず来るのである（161）と言って、この反対論を論破する。

第三項　地獄の存在についての反対論３

これは、中世の美術や、聖書の或る箇所の暗示する地獄の激しい苦痛をめぐるものである（161）。ルイスはフォン・ヒューゲルの警告――地獄に関する説と、それをたまたま示すイメージとを混同してはいけない――に同意する。イエスは地獄を三つの象徴で語っているとルイスは指摘する。すなわち、(a)刑罰（「永遠の刑罰」マタ二五・四六）、(b)滅び（「からだも魂も地獄で滅ぼす力のある方を恐れなさい」マタ一〇・二八）、(c)困窮、排斥、追放――婚礼の礼服をつけぬ花婿が外の暗闇の中に追放される話や、賢い乙女と愚かな乙女の譬えである。また、地獄に関しては炎の比喩が用いられているが、これは実に意味深い比喩である。なぜなら、炎は呵責と破壊の概念が結びついているからである。これらすべては言語を絶するほど恐ろしいものを暗示することを意図しているのは確かである（162）。滅びとは、滅ぼされるものの解体、消滅を意味すると考えられる。

人々はしばしば魂の〈絶滅〉が本質的に可能であるかのように語るが、何かが破壊されることは別なものの発生を意味すると考えられる。したがって、もしも魂が滅ぼされうるとすれば、かつて人間の魂であったところの何かが必然的に存在すると考えるべきである。それは呵責、破壊、困窮という表現が適切である状態ではないか。地獄に行くことは人類の間から放逐されることであり、地獄へと投げ出された者（すなわち地獄へと身を投げた者）は人間ではなく、人間の〈残骸〉なのである(162)。永遠について思いをひそめればひそめるほど、苦痛と快楽は究極的なものではないことが分かり、善と悪のイメージが前景化してくることは認めなければならないのである。このように、ルイスは地獄を人間の〈残骸〉の場であると主張することで、地獄の苦痛をめぐる地獄についての反対論に反駁するのである。

第四項　地獄の存在についての反対論4

これは『天国と地獄の離婚』においても反復される。それは、慈悲心をもった人間なら、たった一人の人間でも地獄にいると知っている間は、天国の至福のうちに住まう気はしないだろうという主張である。ルイスは、この反対論の背後には天国と地獄の両方が一直線上の時の上に存在しているとの前提があることを指摘しそれを突き崩す。ルイスの見るところ、地獄の恐怖に関するイエスの厳しい言葉はたいてい持続ではなく究極性を強調している。悪人が業火にゆだねられると言っても、それは一つの話の終局として語られているのであって、新しい話の発端として扱われているのではない。ルイスはエドウィン・ベヴァンの『象徴主義と信仰』に見られる地獄と天国に関する見解にもとづいてつぎのように言う。私たちは地獄よりも天国についてより多くを知っている。なぜなら天国は人間の住居であり、したがっておよそ神の栄光のうちにいれられた人間の生活に意味されるすべてを含んでいる。だが、地獄は人間のために創造されたものではない。それはいかなる意味においても、天国に対比されるようなものではないのである。それは「外の暗闇」、存在が非存在へと色あせる極限の縁（164－165）である、と。

第五項　地獄の存在についての反対論5

たった一人の魂にしても失われることは、全能の神の敗北を意味するのではないかという主張がある。ルイスは、これに対して、その通りであると言う。ただし、神は自由意志をもった存在を創造されたことにおいて、初めからそうした敗北の可能性に服していたのであり、或る人々が敗北と呼ぶものをルイスは奇蹟と考えるのである。なぜなら、それ自身でないものを創造すること、ある意味でそれ自身が創造したものに抵抗される可能性をも創りだすということは、私たちが神に帰するすべてのみ業にまさって想像を絶する驚くべきことだからである（165）。滅びる者はある意味で最後まで屈しない、成功せる反逆者である。自由意志を行使して己の求める忌まわしい自由を楽しむ魂にとっては、自己放棄の最初の段階すらも望むことすらできないであろう。地獄の扉は外側からではなく内側から閉められているからである。

ルイスは〈地獄〉の章の終わりの部分で、地獄を神からの分離として提示している。

結局、地獄の教義に反対する人々すべてに対する答えそのものが一つの問いである。すなわち、「あなたはなにを神にするように要求するつもりなのか」。彼らの過去の罪を洗い流すことか。万難を排して、彼らを新たに出発させること。すべての困難を取り除くことか、それとも、あらゆる奇跡的な援助を差し出すことか。だが、神は、カルヴァリーの丘で、それを行なわれたのである。では、彼らを許すことなのか。彼らは許されないであろう。彼らをそのままにしておくことか。悲しいかな、それこそが神のなさることであろうと思う（166）。

そして、最後に重要な忠告を添えることを忘れてはいない。

地獄についてのすべての議論において、私たちは私たちの敵でなく、また友人でもなく（どちらの場合にも理性の眼が曇らされる）、終始私たち自身の滅びを視野に入れるべきである。この章は、あなたの奥さんや息子、ネロや、イスカリオテのユダについてではない。あなたと、そして私についての議論なのである（166）。

1 C. S. Lewis, 'Learning in War-Time,' in *The Weight of Glory and Other Addresses*, ed. by Walter Hooper（NewYork:Macmillan.MacmillanPaperbacks,1980）, pp.20-1.
2 'A Letter to Mrs Arnold'（31 January 1952）*in Letters of C.S. Lewis*, p.418.
3 C. S. Lewis, *The Great Divorce*（Glasgo:Collins, Fountain Books, 1977）, p.63.
4 *They Stand Together: The Letters of C.S.Lewis to Arthuer Greeves*（*1914－1963*）ed. by Walter Hooper（New York:Macmillan, 1979）, p.508.ed.
5 C. S. Lewis, *The Screutape Letters*（New York: Macmillan, 1961）, Preface
6 Ibid.
7 *The Great Divorce*, pp.66-7.
8 C. S. Lewis, *The Dark Tower and Other Stories*, ed. by Walter Hooper（Collins,1977）, p.49
9 C. S. Lewis, *The Problem of Pain*（Collins, Fontana Books, 1974）, p.115.
10 *The Great Divorce*, pp.63-4.
11 C. S. Lewis, *The Great Divorce*,pp.63-4.
12 C. S. Lewis, *The Screutape Letters*, pp.64-5,
13 C. S. Lewis, *The Problem of Pain*, pp.106-16. 以下、本文第八章の記述内容の多くは原書（*The Problem of Pain*）に依拠した私訳を用いているが、括弧内の数字は、『痛みの問題』中村妙子訳、新教出版社、一九九〇年、の頁数を示す。

第十章　キリスト教界内のC・S・ルイスの批判対象

これまで筆者はキリスト教弁証家としてのルイスの特質を、ルイスにおけるキリスト教と文化【文学】の関係、啓示観、神の存在証明、〈まじりけのないキリスト教〉と異なる諸見解、聖書観、神の属性、奇跡論そして再臨の教義、地獄の教義を通して探ってきたが、筆者の眼目とするところは、ルイスが受容したそのキリスト教観を批判の基準にしつつ彼が自分自身を文化の売人の中に存在する解毒剤と自覚し、彼が生きていた時代に彼はなにと闘ったのかを多少なりとも明らかにすることであった。この課題を果たすために、筆者はルイスの信仰論のエッセンスを提示し彼の批判の基準を準備すべく努めて来たが、ルイス研究に携わってきた一研究者として言えることは、ルイスの批判対象の全貌を提示することはほぼ不可能であると言わざるを得ないということである。その点で、ルイス研究の碩学クライド・S・キルビーがつぎのように言うのは的を射ている。

一言で言うなら、彼は明晰な、実際的な、〈階層〉の意識をもち、人間をあらゆるものの尺度としようという現代の慣行の影響をほとんどといっていいくらい受けていなかった。ルイスはかつて自分を……「古き西洋人」と好んで自称し、〈いささか過度なほど〉現代的なもののほとんどすべてを攻撃した。しかしその議論は、つねにスピリチュアルな現実に裏付けられていたのである。[1]

以下、本論の当初の目的であった文化の解毒剤としてのルイスが闘ったキリスト教界内の批判対象について、本章において限定的ではあるが、キリスト教弁証家としてのルイスの遺産についての拙稿を完了としたい。[2]

ルイスにとってキリスト教界内部の批判対象は、自由主義的キリスト教＝水割りキリスト教（Christianity and water）とルイスが名付けた英国教会内の信奉者たち、近代神学と聖書批評に従事するある種の専門家たち、ファンダメンタリスト、傲慢なキリスト教徒、的外れのキリスト教徒などである。

これらの人々を批判する基準はルイスが受け入れたリチャード・バクスターの言う「まじりけのないキリスト教」（mere Christianity）であり、ルイスは彼が信じているキリスト教教義を列挙し、つぎのように言う。

平信徒にとって、〈自由主義者〉と〈モダニスト〉に反対する福音主義者とアングロ・カトリックを結びつけるのは実に明確で重要なもの、すなわち両者は徹底した超自然主義者であり、創造、堕落、受肉、再臨、四つの最後の事柄（死、最後の審判、天国、地獄）を信じているという事実です。[3]

ここでルイスは英国教会内部の低教会主義者と高教会主義者は一致して同じ英国教会内部に存在する自由主義者とモダニストに対抗できるとしているのであるが、ルイスはどのような人々を自由主義者と言っているのか。そのことを確認しておこう。

第一節　自由主義的キリスト教の信奉者たち

それは、天には善なる神がいまし、万事めでたく何も言うことなし――こう言って、罪や地獄や悪魔や、それに救いといった問題にかかわる厄介な、恐ろしい教義はすべて素通りしてしまう考え方である。[4]

ルイスは『神と人間との対話』の最終章で、自由主義的キリスト教についてこれ以上にないと思える的確な要約を実質的にしている。

わたしは、新聞切り抜き代理店の予約購読者ではありませんから、私に向けられている讃辞や非難の大部分を見落としています。ですから、あなたが言及しておられる記事をみませんでした。しかし、そうしたたぐいの記事はこれまでにも見たことがありますので、その記事が、特に骨身にこたえることはないでありましょう。しかしながら、「自由主義的クリスチャンたち」を見誤ってはなりません。彼らは、わたしのようなたぐいの著者は実に有害なことをなしていると真底から信じているのです。

聖徒たちに一度与えられた信仰」という信条の大部分を受け入れることは、彼らにとって不可能なのです。それにもかかわらず、彼らは、彼らが（わたしたちではなく）「キリスト教」とみなすことのできる宗教の名残が存在し続けて、多くの改宗者を生み出すことを、大いに切望しているのです。彼らは、キリスト教が十分に「非神話化され」さえすれば、こうした改宗者が数を増すであろうと考えています。船を沈めさせないためには、船を軽くせねばならぬ、と考えているのです。

その結果、彼らにとってこの世で最もたちの悪い人間は、わたしのように、キリスト教が本質的に超自然的な事柄を内包すると公表する者になるわけです。彼らの確信するところでは、超自然的なものへの信仰は決してよみがえらぬであろうし、よみがえるべきではないのです。また、超自然的なものを受け入れるか、あるいはキリスト教の見せかけを捨て去るかの選択をしなければならぬことを、世の人々に納得させるならば、人々は、疑いもなく、後者を選択するであろう、と彼らは確信しています。したがって、実際に味方を裏切って、要衝を擁する山道を敵に売り渡したのは自由主義者たちではなく、わたしたちのような者であるということになりましょう。わたしたちがいなければ彼らが除去することに成功していたかも知れぬひどい不面目を、わたしたちがクリスチャンという名称に付加してしまったのでしょう。

ですから、わたしたちの著作に対する彼らの論評に、いくらか憤懣の調子が忍び込んでいるとしても、彼らを非難できるでしょうか。しかし、もしもわたしたちが、彼らに対する怒りをそのままにしておくとすれば、それは赦し難いことでありましょう。多少とも、わたしたちが彼らの計画をぶちこわしているからです。ところが、彼らは世俗主義の諸勢力に対し、なんら貢献らしいものはしていません。彼らよりもはるかに力のある多くの擁護者たちが、世俗主義の陣営にいるからです。自由主義的キリスト教は、一致容認された不信仰の大合唱に、たいして効果のない共鳴を供し得るにすぎません。[5]

ここに見られる通り、自由主義的キリスト教は超自然的な事柄を受け入れず、それらを非神話化するのに対し、ルイスの〈まじりけのないキリスト教〉は超自然的要素を受け入れるがゆえに、自由主義的キリスト教を世俗主義の仲間と断じているのである。

ルイスは自由主義的キリスト教が英国教会の非キリスト教化をもたらした主因であると見ていた。その証拠の好例は、ルイスの逝去する六ヶ月余り前、一九六三年五月七日にケンブリッジ大学のモードリン・コレッジの研究室でアメリカ人のシャーウッド・E・ワート氏のインタヴューに応じた際の表明にも見てとれる。

ワート：今日のキリスト教界内で書かれている類の著作についてどのようにお考えでしょうか。

ルイス：宗教的な伝統の中にいる書き手たちが公刊している多くはスキャンダルであり、実際問題として、人びとを教会から遠ざけています。福音の真理を絶えず時代に順応させて削り去ったりしている自由主義者たちには責任があります。白い衣を身に着けているときに前提とする一切の事柄を信じないように主張している聖職者がどうして新聞や雑誌に姿を現すのか私には理解できません。それは売春のように感じます。

ワート：ウリッジの主教、ジョン・ロビンソンによる『神への誠実』は、議論の的になっている新刊ですが、どのようにお考えですか。

ルイス：私は〈神に対して誠実〉であるよりも〈誠実であること〉を選びます。[6]

さらにルイスはワート氏の問いかけにつぎのように応答している。

ワート：下品な言葉や猥褻な言葉の使用は現代文学におけるリアリスティックな雰囲気をわかりやすくするために必要であると思われますか。

ルイス：思いません。私はこのなりゆきを、ひとつの兆し、信仰を失った文化の徴とみなしています。道徳的崩壊は霊的な崩壊に続きます。私は近未来に大きな懸念をいだいています。

ワート：そうであれば、現代文化は非キリスト教化されているとお考えですか。

ルイス：この問題の政治的側面については語れませんが、英国教会の非キリスト教化については明確な見解を抱いています。時代に順応している多くの説教者、信者でない実に多くの人たちが英国教会におります。イエス・キリストは「世に出て行き、この世はまったく正しいと告げよ」とは言いませんでした。福音はそれとはまったく違うものです。実際、それはこの世に真っ向から対立するものです。

この世において主張されるキリスト教に反対する証拠は実に強力です。戦争、難破、ガン患者、災害などはことごとくキリスト教に反対するには有利な証拠です。このような証拠を前にして信仰者であることは容易ではありません。イエス・キリストに対する強い信仰が求められます。[7]

また、ワート氏はルイスがかつて著した『痛みの問題』におけるルイスのイエス理解をとりあげ、その見解に変わりはないかと尋ねている。

ワート：あなたは二十年前に言われました――「単なる人間にすぎない者が、イエスが言ったようなことを言ったとしたら、そんな者は偉大な道徳的教師どころではない。彼は気違いか――「おれはうで卵」と言ってきかない男と同類の気違いか――さもなければ、地獄の悪魔か、そのいずれかであろう。ここであなたがたは、どっちを取るか決断しなければならない。この男は神の子であったし、今もそうだ、と考えるか、さもなければ、狂人もしくはもっと悪質なもの、と考えるか。彼を白痴として監禁し、これにつばきをはきかけ、悪鬼として撃ち殺すか、さもなければ、彼の前にひれ伏して、これを主または神と呼ぶか。そのどちらをえらぶかは、あなたがたの自由である。しかし、彼を偉大な教師たる人間などと考えるおためごかしのナンセンスだけはやめようではないか。彼はそんなふうに考える自由をわれわれに与えてはいないのだ。そんな考え方は、もともと彼の意図には含まれていなかったのである。[8]」この問題に関するあなたの見解はその時以来変化したのでしょうか。

ルイス：実質的な変化はなにもないと申し上げます。[9]

以上、ここまでキリスト教界内におけるルイスの批判の主要な対象――自由主義的キリスト教について見てきた。次節においては、近代神学と聖書批評に従事するある種の専門家、ファンダメンタリスト、傲慢なキリスト教徒、的はずれのキリスト教徒について、さらにキリスト教界外の人々に対する弁証活動について補足しておきたい。

第二節　近代神学と聖書批評に従事するある種の専門家たち

さて、ルイスによれば、〈聖なる書物〉を読み解くためには「聖書のさまざまな部分は、あるがままのさまざまな種類の文学として読むべきものである[10]」のであるが、ルイスは「近代神学と聖書批評」("Modern Theology and Biblical Criticism," 1959)[11]の中で、聖書が聖なる書物であるとともに異なった種類の文学の集成であるという両面について不十分な対応をする聖書学者や神学者たちの聖書の読み方を徹底的に批判している。その批判は、興味深いことに、ルイスの聖書の読み方を図らずも鮮明に逆照射するものになっているのである。

第一項　文学ジャンルの知識の欠落――批評家として失格

ルイスはアレク・ヴィドラー（英国教会の司祭、神学者）、ブルトマン（ドイツのプロテスタント神学者、新約聖書の非神話化の提唱者）、シュヴァイツァー（原始林の聖者と呼ばれたフランスの哲学者・神学者）が聖書批評家であるとしても、批評家としては信用しないと明言している。ルイスにとって、彼らは文学的判断力が不十分で、彼らが読んでいる聖書テクストの特質について理解力を欠いていると思われたからである。たとえば、ルイスが読んだ注解書の一つには、つぎのように書かれていた――「第四福音書はある学派によれば〈スピリチュアル・ロマンス〉あるいはナタンの譬え、「ヨナ書」、『失楽園』、あるいはもっと正確に言えば、『天路歴程』と同じ規準によって判断すべき〈歴史ではなく一篇の詩〉とみなされている」（154）。ルイスはこの記述に唖然とした。そこで、ルイスは「ヨハネによる福音書」のなかに見られる幾つかの場面を取り上げ、それらはフィクションではなく歴史的であると主張する。すなわち、スカルの井戸に水汲みに来た女性と主イエスとの対話、生まれつき盲人であった人を癒したあとに続く盲人と近所の人たちやファリサイ人たちとの対話、指で地面に何かを書いているイエスの姿、「時は夜であった」（ヨハ一三・三〇）という印象的な言葉などを根拠として、文学史家でもあるルイスは、第四福音書は詩でもロマンスでもなく、幻想文学でも伝説でもなく、神話でもなく、二つの見方しか考えられないと言う（155）。これらの記述は、事実にかなり近い、ボズウエル（スコットランドの伝記作家）の『ジョンソン伝』とほぼ似かよったルポルタージュか、それとも二世紀の名も知れぬ書き手が突如として近代の小説のリアリスティックな語りの技法のすべてに先鞭をつけたかいずれかであると述べ、読者にアウエルバッハの『ミメーシス』を読むように勧め、聖書批評家たちの文学ジャンルの無知を指摘し、「ヨハネによる福音書」を歴史的文書と見るのである。

第二項　文脈無視

ルイスは、強引な聖書解釈の例としてブルトマンの『〈新約聖書〉の神学』の中に見られる叙述に言及する。ブルトマンは「〈キリストの再臨〉の予言（マコ八・三八）が〈キリストの受難〉の予言（マコ八・三一）に続く幾分不同化な様子に注意せよ」（155）と書いているが、ブルトマンは〈キリストの再臨〉の予言のほうが〈キリストの受難〉の予言よりも古いと信じていて、〈キリストの再臨〉の予言と〈キリストの受難〉の予言が同じ文脈のなかに現われるとき、その両者の間にどことなく食い違いや不同化が認められるに違いないと信じようとし、実際、信じているからであるとルイスは判断する。そして、ペテロがイエスに対して「あなたは、メシアです」と告白する「マルコによる福音書」八章二九節から三八節までの一連の叙述は論理的、情緒的、想像的にも完璧なものである（156）ので、ブルトマンの文脈を無視した上での解釈をルイスは容認できないのである。

第三項　自明のことが見えないこと

さらに、ルイスはブルトマンの同前の著作から次の発言を引用する――「イエスの人格はパウロあるいはヨハネのケリュグマ（宣教のイエス）にとってまったく重要ではない……実際、初代教会の伝統はイエスの人格のイメージを無意識的にすら保持しなかったのである。イエスの人格のイメージを再構成しようとするあらゆる試みは主観的な想像のお遊びにとどまる。」（156）。要するに、ブルトマンによれば、『新約聖書』にはイエスの人格がまったく提示されていないというわけである。これに対して、ルイスは多くの信者にとっても多くの未信者にとっても自明のこと、すなわち、彼らが福音書の中で或る人格と出会ったという意識をどうしてブルトマンが理解できないのか訝るのである。

ルイスは「わたしは柔和で謙遜なものだから」（マタ一一・二九）と言うとき、私たちは彼の言うままに彼をそのような者として受け入れるのであり、また、『新約聖書』の中で皮相的に、そして意図的にもっぱらイエスの神性に関係していてイエスの人間性には少しも関係していない部分すらも、私たちをイエスの人格に直面させるものである（157）、とルイスは主張する。

第四項　聖書研究における誤った理論

ルイスは、現代の自由主義神学全般の主張、すなわち過去の事柄に対する接近方法に関わる誤った理論を批判する。ルイスは哲学の分野において、この種の誤った理論に出会っていた。英国のギリシア学者ベンジャミン・ジャウエットの説がそれである。要するに、「プラトンの真の意味はアリストテレスによって誤解され、新プラトン主義者たちによって強引なまでに下手に模倣された。ひとえに現代人によってプラトンの真意は回復される」（157）とする理論である。このようなものの見方に対し、ルイスは「プラトンの真意が回復されると、プラトンは本来、英国のT・H・グリーンのような哲学者であることが分かったのである。」（157）と揶揄している。

このような理論の問題について、ルイスはつぎのように言う。「ある人間あるいは書き手というものは、その人と同じ文化のなかに生き、同じ言語を話し、同じ習慣的な心情や無意識的な諸前提を共有した人々にとっては分からない存在であるかもしれないが、このような利点をまったく持ち合わせていない者（すなわち現代人）にとっては分かる存在となるのである、などといった考え方は、私に言わせれば実に途方もない錯覚である（158）。それゆえ、「キリストの真の行為と目的と教えは、イエスの弟子たちによって誤解されて誤り伝えられており、現代の学者たちによってのみイエスの真意は回復され掘り起こされる」（158）とする考え方に依拠する聖書批評はルイスにとって受け入れがたいものとなる。

第五項　奇跡的な出来事の拒否

ルイスの『奇跡論』の詳解において述べたが、ルイスは奇跡を否定する哲学的立場を批判する。ルイスの批判の対象となる神学者たちの著作のなかで、たえず用いられるのは「奇跡的な事柄は起こらない」という原理である(158)。この原理の適用による必然的な結果として、主イエスが未来の予言について語ったとすれば、未来の予言となるような言葉は、予言のように思われた出来事が生起したあとに挿入されたものであると理解されることになるということである。聖書に見られる奇跡的な事柄をこのように解釈することについて、ルイスは「神の霊感による予言など決して起こりえ得ないことを知っているという前提で始めるならば、この解釈はよく理解できる。それと同様に、奇跡的なことは総体として決して起こらないということを知っているという前提で始めるならば、さまざまな奇跡を語る聖書のすべての部分を非歴史的な出来事として拒絶することも理解できる」(158)と言うのである。だが、奇跡が起こりうるか否かという問題は純粋に哲学的なものであり、「奇跡的であれば、非歴史的」という規準は学者たちが聖書本文の研究から学びとった原理ではなく、聖書の奇跡的な記事に当てはめている原理なのである。

第六項　聖書本文の〈生活の座〉(Sitz im Leben)の再構成の試み

①聖書テクスト生成の起源に関する疑念――　ルイスは高等批評を受け入れており、聖書の本文批評を信頼している。だが、微妙かつ野心的な類の、いわゆる〈生活の座〉全体の再構成という企てを信頼することはできないのである。

ルイスが聖書本文の歴史の再構成について疑問を投げかける理由は彼自身の経験にもとづいている。彼は自分や友人たちの書いた作品の創作過程についていろいろと言われた仮説がつねに間違っているという経験をしていたことからも、ルイスは聖書批評家たちの聖書本文の歴史の再構成とは、推測航法によって船を動かしているようなものであり、「近代的学問の確固たる成果」は事実を知っている人々が死んでおり、秘密をばらすことができないために「確固としている」ように見えるだけなのだと言明する(161)。

②連鎖仮説の危うさ――　さて、聖書批評家が聖書本文の再構成を試みようとする場合、いわゆる〈連鎖仮説〉を用いなければならない。ブルトマンによれば、ペテロの告白は「イエスの生存していた時期に遡って投影されたイースター・エピソードである。」(163)ここには〈連鎖仮説〉が用いられている。第一の仮説は、ペテロは「あなたこそキリストです」という告白を全くしなかったということであり、そのことを認めた上で、さらに第二の仮説――ペテロが告白したという偽りのエピソードがどのようにして生じたか――が続いているわけである。さて、ルイスは、第一の仮説を容認することはできないのであるが、かりにそれが九〇パーセントの蓋然性をもっていると想定してみる。そして、第二の仮説も九〇パーセントの蓋然性があるものとする。二つの仮説を一緒にした場合、得られる結果は足し算によるものではなく掛け算によるものとなり、八一パーセントの蓋然性になる。なぜなら、第二の仮説は第一の仮説にもとづいてのみ成立するからである。従って、複雑な再構成を行なうことになれば仮説に仮説を積み上げることであり、その結果、おのおのの仮説が高い蓋然性をもっていても、再構成して得られる全体の蓋然性はほぼ零になるとルイスは主張するのである。

③過去に遡った投影――　聖書批評の含み持つさまざまな主張のなかで、ルイスがとりわけ深い疑念を抱いたのは、福音書のなかにあるもののうちであれほど早い時代にしてはあまりにも発展した神学や教会観を表わしているから歴史的であり得ないという主張である(164)。この主張には、まず第一に、神学や教会論という

事柄に何がしかの発展があったということ、第二に、その発展がすみやかに進行したということを私たちは知っているということが当然のこととして含まれている。さらに、この主張に見られるのは発展の異常な同質性と継続性である。要するに、この主張には、数多くの死者たち（初代キリスト教徒）について私たちが彼らの間で生活していたとしても私たちのほとんどが正確な説明のできない事柄について知っているということが当然のこととして含まれているということなのである。ルイスは彼自身がその中で生活してきた仲間についてすら、聖書批評家たちが初代教会の精神史を述べる自信をもって語ることはできないと述べ、さらに、彼は自分自身の思想の由来についてすら、同じような確信をもって語ることができないと言う。つまり、ルイスは初代教会の精神史について自信をもって語ることができる者など一人もいないのだと言っているのである。

第五項　聖書の言葉の受け取り方

ルイスは聖書の言葉を字義通りに受け取らず、つねに象徴的に解釈する方法を批判する。

ルイスは、この方法は非神話化と呼ばれるもので、英国においては二〇世紀初頭のタイラル（アイルランドのイエズス会のモダニスト神学者）の著作『十字路のキリスト教』（一九〇九年）における「キリストの黙示録的ヴィジョン」にその傾向がすでに見られると述べ、つぎのように言う――人間が進歩するにしたがって、人間は「宗教的観念についての初期の不適切な表現」に反撥する。「字義通りに受け取って、象徴的に受け取らないと、その不適切な表現は進歩した人の欲求を満足させないのである。そして彼が自分自身に対してその欲求に見合った満足のいく言葉をはっきりとイメージすることを要求するかぎり、彼は疑うことを運命づけられているのである。なぜなら、彼のもろもろのイメージは必然的に彼の現在の経験の世界から引き出されることになるからである」（164－5）。

さて、宗教的観念は「字義通りに受け取り、象徴的に受け取らないと」不適切であるというのは正しいかもしれないとすると、そこから引き出される結論は、こうである。つまり、宗教的観念は象徴的に受け取らなければならないのであって字義通りに受け取ってはならない。全面的に象徴的に受け取らなければならない。細部のすべても同様に象徴的かつ比喩的であるという風に。だが、ある事柄の表現に見られるすべてが象徴的であることを知り得るのは、その事柄に独自の接近をし、その事柄とその事柄についての表現とを比較できる場合である、とルイスは言う(165)。タイラルにとって、キリストの昇天が彼の宗教的観念に不適切であるのは、彼が彼自身の観念を知っており、それを聖書のなかに見られるキリスト昇天のエピソードと比較できるからである。しかしながら、キリスト昇天のエピソードそのものが超越的、客観的リアリティーへの私たちの唯一の接近方法であって、そのリアリティーについて私たちが問えばどうなるのであろうか。その場合には、キリストの昇天のエピソードがまったく象徴的であるかどうか私たちには分からないのである。キリストの昇天について、「字義通りに受け取り、象徴的に受け取らない」ということが「物理学の観点から受け取る」を意味するのであれば、このエピソードは宗教的なものですらない。地上から離れて移動すること、それがキリストの昇天が物理的に意味する事柄であるが、それ自体は霊的意義をもつ出来事ではない。そこで、霊的リアリティーは昇天物語と比楡的な関係を持ち得るにすぎないのだということになる。神と神あるいは神と神人の結合は空間と関係があるはずがないからである。だが、昇天物語のどの部分が純粋に象徴的であり、どの部分が象徴的でないかを知ることができるようになるのは、私が知られているように私が知るときである。それまでは待った方がいいのだ、とルイスは提言するのである。

ルイスの「近代神学と聖書批評」が書かれてから五〇年以上が経過した。今日、ルイスの行った批判はもはや時代遅れとなった学識によるまったく見当はずれで無意味な議論となってしまったのであろうか。また、ルイスの批判の基盤となっているように思われる保守的福音派のキリスト教理解そのものが根本的に問題視されなければならないということなのであろうか。これに対して筆者は実践的行動の面については検討すべき課題が山積みしていると思わざるを得ないが、教義的な面においては否と言わなければならない。キリスト教徒はキリスト教徒であるかぎり、イエスが受肉した神であることを信じているのであろう。キリスト教徒は超自然主義者として、創造、堕落、受肉、復活、再臨、最後の審判などについて程度の差はあっても受け入れているということでもあるだろう。この意味で、超自然に対する確固たる信仰のあるところにはルイスの批判を価値あるものとして傾聴する心もまたあるに違いないと筆者には思われるのである。

第三節　ファンダメンタリスト批判

ジェイムズ・バー（James Bar, 1924-2006）は『ファンダメンタリズム』[12]と題する書物においてこの呼称の内実を簡単には言えないとしながらも議論の出発点として三つのことを指摘している。①聖書の無謬性、すなわち聖書にはいかなるあやまりもないということを熱心に主張する。②近代神学ならびに近代聖書批評学の方法と成果とその意義に対して強烈な反感を持っている。③自分たちの宗教的見解に同調しない人は真のキリスト者ではないという確信をもっている。

さて、本章はファンダメンタリズムについての詳細な解説を提示することに主眼はなく、ルイスが見て取ったファンダメンタリズム批判について論じていくのに最小限必要な情報をジェイムズ・バーの見解に依拠しているということである。以下、もっぱらジェイムズ・バーの指摘している①に関して述べていく。

第一項　聖書の無謬性

まず、聖書の無謬性ということになれば、そこに含意される文学としての聖書観の拒絶、進化論否定、創造論擁護、一般啓示の軽視といったことが目の前に立ち現れてくるのではないだろうか。これらについてルイスがどのように対応しているのか再確認していこう。まず、ルイスは自分自身がファンダメンタリストではないと発言していることを指摘しておきたい[13]。その上で、彼がファンダメンタリストではない根拠は、ルイスの聖書観、イエス理解、〈憧れ〉の重要視、有神論的進化論の受容などにおいて明らかである。

ルイスは聖書の無謬性を否定する陣営に属している。それはすでに本書第五章「C・S・ルイスの聖書観」の第二節第四項〈神の言葉〉の非体系性において記述した[注]。すなわちルイスは「原素材の持つ人間的質はすけて見える。素朴さ、誤謬、矛盾、〈呪詛する「詩編」におけるように〉邪悪すらもが取り除かれていない。結果の総体は、各節ことごとくが、それ自体、非のうちどころなき科学、あるいは歴史を提供するという意味での、「神の言葉ではない」と言う。また〈文学としての聖書〉という見解に反対するファンダメンタリストに向かっては「聖書はしょせん文学である以上、文学として以外に正しい読み方はありえないのであって、聖書のさまざまな部分は、あるがままの、様々な種類の文学として読むべきものである。」と明言する。さらに、ルイスの特異な啓示観の一部は間接的にファンダメンタリズムを批判する見解となるであろう。それは事実となったところの神が死んで甦るという神話であったことの成就としてのイエス・キリストの出来事であり、異教のキリストと関連するものでもあり、ルイスにおいて顕著に見られる究極的実在の徴としての〈憧れ〉の理解とも連動している。

第二項　有神論的進化論の受容と進化論の社会、文化、倫理の歴史への適用を論駁

ところで、進化論に反対する創造論者は「創世記」第一章の創造物語全体を字義通り解釈することを要求する。創造論者にとって、創造と進化は互いに相いれない事柄である。なぜなら、進化論は聖書の信憑性を突き崩して最終的に聖書を基盤とするキリスト教信仰を破壊する結果になると考えるからである。しかし、ルイスは聖書の歴史性を受け入れ創造物語の字義通りの解釈を拒否し、生物の進化を受け入れるのである。ルイスは超自然主義者として神による〈創造〉を信じている。だが、彼はファンダメンタリストが固執する創造論の信奉者、すなわち進化論否定者ではなく、有神論的進化論の受容者である。ただし、彼は進化論を生物学上の理論として受容するのであって、それを社会、文化、倫理の歴史の領域に持ち込むことは誤りであるとしている。ルイスが受け入れた見解は『痛みの問題』においてつぎのように記されている。

長い年月にわたって神は人類となるべき器、神ご自身の姿を映すはずの動物の完成につとめてこられました。神は彼に、ほかの動物の場合と違ってどの指ともうまく適合して用いえられるような親指のついた手、発声の可能な顎、歯、咽喉を与えられました。また理性的思考を具体化できるほど複雑な仕組みの脳を備えてくださいました。この動物は人間となるに先立って、想像もできないくらい長い間、このような状態のまま存在を続けてきたと考えられます、彼は、現代の考古学者が人間性の証拠と認めるような道具を作るほどの智恵はもっていたかもしれませんが、やはり一個の動物にすぎませんでした。なぜなら、その身体的、心理的作用は純粋に物質的、自然的な目的に向けられてきたからです。しかし、時満つるに及んで、神はこの有機体のうちに身体と心理の両面において、新しい種類の意識がくだるようにしてくださいました。すなわち「わたしは」、「わたしを」と言いうる意識、自分自身を対象として眺めうる、また神を知り、真善美に関して判断することのできる意識をくだしたもうたのです。この新しい意識は有機体全体を支配し、照らし、そのあらゆる部分に光明を投じました。それはわたしたち人間の意識とは違い、有機体の一部、すなわちもっぱら脳の内部で行われている一定の作用に限られませんでした。人はそのときには意識そのものであったのです。[14]

第四節　傲慢なキリスト教徒

キリスト教界内における第四の敵はでっち上げた神を礼拝する傲慢な者たちであり、ルイスは以下のように批判している。

……どこから見ても明らかにプライドによってむしばまれている人びとが、自分は神を信じていると言い、また自分は非常に宗教的な人間だと自認しているのは、いったいどういうわけなのか。そういう人たちは自分の頭ででっちあげた神を拝んでいるにすぎない、とわたしは思う。彼らは、自分がこの空想の産物である神の前にあっては無に等しいことを、理屈では、認めている。だが、腹の中では、「神はわたしの言行を嘉し、わたしがふつうの人たちよりもはるかに立派であることを認めておられる」と、いつも考えているのだ。……キリストが、わたしについて宣教し、わたしに名によって悪霊を追い出してもなお、世の終りに、「われなんじを知らず」と言われる者たちがいるであろうと、と語った時、彼の念頭にあったのはそういう人たちではなかったかとわたしは思う。いや、人ごとではない。われわれもいつこの死の落とし穴に落ち込むか分からないのである。[15]

第五節　的外れのキリスト教徒

また、ルイスは立身出世の手段としての信仰を考える人々、社会的正義実現の手段としての信仰を重視する人々を批判するが、それはルイスの神学的ファンタジー『悪魔の手紙』においても見られる。この作品は陰画的なキリスト教弁証論であり、悪魔の高官スクルーテイプが悪魔養成大学を出たばかりの新米の悪魔ワームウッドに人間を誘惑する方法をあれこれ助言する三十一通の手紙から成っている。多様な主題が盛り込まれており、知的な人間の手になるキリスト教入門、キリスト教倫理の手引き書、現代思想の批判が渾然一体となった見事な風刺文学である。[16] 神は〈敵〉として言及され、善悪の倒置が行われているので読み解くのに困難を覚える箇所もあるが、スクルーテイプを通して提示される人間の心理分析と現代思想の理解にはルイス自身の見解が反映されている。たとえば、第二十三信に記されているとおりである。

……われわれ（悪魔）は、人間がキリスト教を手段として扱うことを願っている。もちろん、できれば彼らの出世の手段として用いるように仕向けることが望ましいが、もし、それが思うようにいかなければ、どのような目的のためでも、たとえば社会正義のためという名目でも差し支えない。われわれがなすべきことは、最初のうちは人間が社会正義を〈敵〉が要求していることとして重んずることを許しても、やがては社会正義をもたらすからキリスト教を重んずると考えさせる方向にもっていくことだ。……よい社会をつくるために信仰を復興させることができると考えている個人や国家は天国への階段を、もっとも近くの薬屋への最短距離と考えているようなもので、まったく見当はずれなのだ。

幸い、人間をまるめこんで、この目立たぬ曲がり角を曲がらせてしまうことはきわめて容易だ。ついさっきもわたしは、あるクリスチャンの筆者が「古い文化が死滅したのちにも、こうした信仰だけが生き残りうるだろうし、新しい文化の誕生によっても古くならないだろう」という根拠にたって、自分流のキリスト教を勧めている一文を読んだ。この違いが、きみにわかるかね？「このことを信じたまえ。それが真理だからでなく、他の何らかの理由で」というわけだ。これこそがわれわれの手なのだ。[17]

第六節　キリスト教界外のルイスの批判対象

さて、ここまで、キリスト教界内のルイスの批判対象の一部について彼の神学的倫理学的著作に焦点をあわせて論じてきたが、多少なりともキリスト教界外のルイスの批判対象についても簡潔に記しておきたいと思う。

先に引用した『悪魔の手紙』には、ルイスの他の著作に抜きんでて「悪魔の策略」、すなわち人間を神から引き離す数々の誘惑が多々提示されているが、その大部分はルイスがキリスト教界内における敵として攻撃した事柄に関連するものであり、「(いささか過度なほど)現代的なもののほとんどすべてを攻撃した」と指摘したキルビーの明察は、本書におけるキリスト教界外のルイスの批判対象も視野においての発言であったことを改めて得心するのである。

第一項　究極的実在を思い起こさせないようにする[18]

(イ)理性の混乱・誤用の促進・習慣化——教義を真実か虚偽かではなく学問的か実際的か、時代遅れか現代的か、月並みか型やぶりか、という仕方で考えるように導く（第一信）。（ロ）未来に生きさせること――時が永遠に触れる接点である現在ではなく、非実在である未来に対する関心に集中させることによって、人間の心に、恐怖、野心、貧欲などを呼び起こす（第五信、第六信、第十五信）。（ハ）悪魔の存在の黙殺――唯物論者の魔術師を誕生させる要因となる（第七信）。（ニ）感性の麻痺・混乱の恒常化――物理的リアルと精神的リアルの混乱によって、歓びの訪れを主観的な経験であると思い込ませる（第三十信）

第二項　キリスト教の核心から人間を引き離す

（イ）キリストの体としての教会と教会員の奇癖を同一化させる試み（第二信）。（ロ）神との対話である祈りの破壊をめざす（第四信、第二十七信）。（ハ）党派的教会を愛好させる（第十六信）。（ニ）史的イエスの探究を奨励してキリスト・イエスの神性を否定し、イエスは偉大な教師であると認識させる（第二十三信）。（ホ）立身出世や社会正義実現の手段としてキリスト教を重要視するように誘う（第二十三信、第二十五信）。

第三項　正しい自己認識を妨害し、自我超越を不可能にさせる

（イ）謙虚であるという気持ちを誇るように誘い、自己崇拝の慢心を呼び起こす（第十三信）。（ロ）自己への関心に没頭させ、自分自身の価値を気にするように仕向け、共同性を否定して、〈おれはおれのものだ〉、という地獄の哲学に閉じ込める（第十八信）。（ハ）被造物としての意識の希薄化の企て――被造性の忘却に付け込んで、時間・事物などの愚かしい所有意識を台頭させる（第二十一信）。（ニ）自己義認の意識を強化させることによって偽善へと誘い、条件つきの自己犠牲的精神から自分の寛容さを誇る争いが生まれるようにする（第二十六信）。

第四項　社会、文化、思想などを悪魔にとって都合のよい傾向に定着させる

（イ）言語の改革。ある事実を伝える役割をもっていた言語を、価値判断を表わす言語に変化させ、たとえば、「ピューリタニズム」という言葉によって、節制、純潔などを愚かしい事と思わせる。あるいは「慈悲」を「無私」に、「不変」を「停滞」に、「純潔」を「不健全」に置きかえて、徳の形成を妨害する（第十信）。（ロ）悪魔的平等主義の奨め――教区教会の原理よりも会衆教会のそれを重んじさせることによって、多様性における一致ではなく同一性の追求を志向させる（第十六信）。（ハ）大衆画家、デザイナー、女優、広告業者などによって性本能を歪め、恋愛を結婚の唯一の根拠とさせたり、愛は神であるという恋愛至上主義によって気高いと思わせる殺人に誘う（第十八信、第十九信、第二十信）。（ニ）愛の概念の曖昧さを利用し、「神は愛である」を「愛は神である」という内容にすり替えさせ、性本能の無制限の解放を愛という名で呼ぶ思潮を形成する（第十九信）。（ホ）新奇さを求める性向に付け込んで、進歩、発展の概念を含む思想を流行させる（第二十五信）。

結果として、人間と神との連続性という幻想を産み出すか、人間をつねにアミーバーか蛋白質から見る進化論的人間観を助長する。

こういうわけで、『悪魔の手紙』はキリスト教界内外におけるルイスの敵がどのようなものであったのかを知るには最適の情報源であると見てよいであろう。

第七節　キリスト教界外に対するルイスの弁証活動

第一項　ルイスのラテン語の手紙に見られる現代世界の現状認識

ルイスは一九五三年九月一五日付けのイタリアのカラブリア神父宛の手紙で、時代状況について述べている。

私たちの時代の道徳的状況に関して、……たいへん由々しい危険が私たちに迫っていると確かに感じるのです。これはヨーロッパの大部分がキリスト教を棄教したことによるのです。それゆえ、私たちが信仰を受容する以前の状態よりもさらに悪い状態なのです。なぜなら、キリスト教を棄教したならキリスト教以前の同じ状態に戻るのではなく、もっと悪い状態に戻るのです。……というのも、信仰は自然を完成させますが、失われた信仰は自然を堕落させるからです。それゆえ、私たちの時代の数多くの人々は超自然的な光明のみならず、異教徒たちがもっていた自然の光明をも失ってしまったのです。……神について語る以前に、多くの人々を自然の法則へと呼び戻すことが必要です。なぜなら、キリストは罪の赦しを約束していますが、自分が罪を犯したことを知らない人々にとって、自然の法則を知らなければ、罪の赦しが何になるのでしょう。自分が病を患っているのでなければ、だれが薬など飲むのでしょう。道徳的相対主義は無神論と取り組む前に克服しなければならない敵です。私は「若い世代を良き異教徒にさせよう、そしてその後で彼らをキリスト教徒にさせよう」とあえて言いたい気持ちです。[19]

このように、ルイスは、キリスト教界外の〈多くの人々を自然の法則へと呼び戻す〉ことから始めなければならないことを吐露しており、そのことゆえであろうと考えられるが、ルイスのキリスト教弁証の金字塔たる『キリスト教の精髄』は自然の法則から説き始めているのである。

第二項『沈黙の惑星を離れて』

この作品はいわゆる火星神話の伝統を踏まえた上での宇宙旅行の物語であるが、無神論に基づく科学万能主義に根ざした地球生命至上主義の孕む危険性、宇宙を侵略する地球人による地球帝国主義を風刺するファンタジーであり、宇宙の創造者マレルディル（神）とその敵対者〈曲がった者〉（悪魔）の闘争の物語でもある。〈沈黙の惑星〉と呼ばれている惑星は〈敵に占領された領土〉で、実は、地球なのだが、なぜ地球は〈沈黙の惑星〉なのであろうか。それはつぎのような理由によるのである。

天上の世界において戦いが行われた。それは地上に生命の萌芽すら見られない頃の太古の出来事であった。サルカンドラ（地球のこと）がそういう名前で呼ばれるようになる以前、その世界を支配するオヤルサがいた。彼はマラカンドラのオヤルサよりも聡明かつ偉大であった。だが、彼は高慢のゆえに〈曲がったオヤルサ〉となった。かくてサラカンドラは曲がったオヤルサの支配するところとなり、そこに住む者を曲がった者にしようとする事業にとりかかった。その頃、サルカンドラを支配するオヤルサは未だサルカンドラに縛られておらず、他のオヤルサと同様に自由に〈深い天界〉を行き来することができた。それは天における曲がった時代であった。それゆえに、サルカンドラのオヤルサはサルカンドラだけでなく他の世界をも曲がった世界にしようと試みた。彼は月の生命を滅ぼし、マラカンドラに死を持たらして高地を死地と化した。だが、宇宙の創造者にして支配者であるマレルディルは低地を開き、熱い泉を大地より湧き出させてマラカンドラを死より救ったのである。マラカンドラのオヤルサはマレルディルの力を得てサルカンドラのオヤルサと戦い彼を天界から追いやり、マレルディルの教えに従ってサルカンドラの大気の中に閉じ込めたのである。サルカンドラは天界の外にあり、天界にはサルカンドラからの連絡は一切ない。それゆえに、マラカンドラのオヤルサはサルカンドラの状態を知ることができない。これがためにサルカンドラ〈地球〉は〈沈黙の惑星〉と呼ばれるようになったのである。だが、マラカンドラのオヤルサは、他の世界を支配するオヤルサと同様に、サルカンドラがいつの日か天界に復帰する日を信じている。なぜなら、彼らはマレルディルがサルカンドラを〈曲がった者〉に引き渡すようなことはないと考えるからである。天界のオヤルサたちの間には、マレルディルが不思議な計画を選びとり、恐ろしい事を行ったという話が広まっている。

ここで言われている〈不思議な計画〉とはマレルディルが人となってサルカンドラを訪れたこと、すなわち、キリストの地上への到来〈受肉〉を意味しており、〈恐ろしい事〉とは人となったキリストが全人類の罪を贖うために十字架上で死んだことを含意している。その意味で、『沈黙の惑星を離れて』もまた潜在的に〈受肉、死、再生〉という宇宙の骨組みとしての物語が作品の基底にあると言えるであろう。

第三項　『天国と地獄の離婚』

この作品は、地獄と天国の教説を信じながらも、普遍主義と二重予定説に反対するルイスが、選択としての救いと選択としての堕地獄についてアレゴリー形式で展開した神学的ファンタジーである。中心主題はルイスが敬愛して止まないジョージ・マクドナルドを通してつぎのように言わせる台詞に結晶化している。

結局、二種類の人間しかいないのだ。神に向かって〈御心がなるように〉と祈る人々と、神から〈お前の好きなようにせよ〉と言われる人々である。地獄にいる者はすべて、地獄を選択するのだ。その自己選択がなければ地獄など存在しないであろう。他方、真剣に絶えず喜びを求める魂はどれひとつとして喜びを取り逃がすことはないであろう。探すものは見いだし、叩く者に対して、扉は開かれるのだ。[20]

ルイスはこの作品において様々な問いかけを行う――天国は一種の心的状態であるのか。地獄から天国へいたる道は存在するのか。天国の歓びは地獄に堕ちた魂の存在によって損なわれるのではないか。神によって予め救いに定められている人々と滅びに定められている人々がいるのではないか。これらの神学的問いに対してルイスは反駁し、私たち読者に、神と人間と世界について、そしてなによりも私たち自身の行なう日毎の選択の決定的性質と私たちの自我執着の産みだす苦き実について深く考えさせるのである。

第四項　『ナルニア国年代記物語』

これはルイスの別世界志向、キリスト教の教義、人間の正邪の諸相が組み込まれているファンタジーである。この物語は七つの作品より成り、各作品ではそれぞれ異なる物語が展開され、全体としてみると聖書的枠組みのもとにナルニア国の誕生から終焉に至る経緯とその間に生起した一連の出来事を描く物語である。舞台は非現実の地ナルニアで、現実の地上世界からナルニアに入った子どもたちあるいはナルニア世界にすでにいる子どもたちの冒険物語であるが、同時にライオンのアスランの物語でもある。物語全体は、驚異と不思議、魂の成長、善悪の戦いという要素によってストーリーと意味とテーマのレヴェルの内容が構成されているのだが、これらがアスランにおいて見事に統合されている。と言うのも、子どもたちが経験するあらゆる冒険はたんなる冒険のための冒険ではなく、子どもたちの魂の成長をうながす契機であり、しかも成長とはアスランを求めアスランの国に憧れる生き方のめばえとその深まりにほかならないからである。つまり、すべての冒険の究極的意味はナルニアのキリストであるアスランとのかかわりにおいて見いだされるのである。というのも、七つの物語すべての中心に、子どもたちの〈憧れ〉の源泉であるアスランがいて、そのアスランとの出会いに、あるいはアスランとともにある歓びにむかってストーリーとプロットが方向づけられているからである。

ルイスのファンタジー――『沈黙の惑星を離れて』、『天国と地獄の離婚』、『ナルニア国年代記物語』――は、キリスト教的世界観が基盤となっている物語であり、この事実もまた〈未信者である隣人たち〉に対するキリスト教弁証の企てのひとつと考えられる。

第八節　匿名のキリスト教徒への志向性

ルイスには、カール・ラーナーほどでないが、匿名のキリスト教徒への志向性を見てとることができる。それはつぎのような発言にそれとなく表明されている。

> ……世界は百パーセントクリスチャンである人々と。百パーセント非クリスチャンである人びととでき ているのではない。だんだんクリスチャンではなくなりながら、まだ自分をクリスチャンだと言っている人たちが（実にたくさん）いる。その中には、若干の牧師たちも含まれている。また、まだ自分をクリスチャンと呼んではいないが、だんだんクリスチャンになりつつある人たちもいる。キリストに関するキリスト教の教義を全部受け入れてはいないけれども、キリストに非常に強く惹かれているために、本人が考えているよりも、はるかに深い意味でキリストに属している、というような人びともいる。[21]

以上、キリスト教弁証家としてのルイスについて見てきたが、ルイスの成し遂げたことについていろいろと思いめぐらしていたとき、P・J・クリーフトの発言が眼にとまった。それは私が考えていたことを簡潔かつ的確に応えている明察である。本書の序で引用したそれを以下に反復提示し、本章を閉じることとしたい。

何人もルイスに匹敵できないルイス独特の偉業が三つあると思います。第一に、現代人のために『キリスト教の精髄』よりもすぐれたキリスト教教義と倫理について要約を行った人は誰もいません。

第二に、『ナルニア国年代記物語』よりもすぐれた子どもの本を、ましてすぐれたキリスト教の児童書を書いた人はなおさらいません。イエス・キリストご自身が弟子たちのうちに引き起こした——畏怖と驚異と愛——と同じ反応を読者のうちに喚起するべく文学における登場人物としてイエス・キリストを見事に描いた者はこれまで誰もいませんでした。だが、ルイスはこの不可能事を『ナルニア国年代記物語』に登場するアスランにおいて見事にやってのけたのです。

第三に、すべての人の心の奥にある天国に対する不思議な憧れ、神からの匿名のラヴ・レターである〈憧れ〉についてルイスほど明確かつ力強く書いた人はいません。

1 C・S・キルビー編『目覚めている精神の輝き——C・S・ルイスの言葉』中村妙子訳、新教出版社、一九八二年。一五頁。
2 本章の全体構成と記述内容の一部は「キリスト教弁証家としてのC・S・ルイス」(C. S. Lewis, 1898-1963)」聖学院大学総合研究所紀要四四号(二〇〇八年)に依拠し、近代神学と聖書批評に従事するある種の専門家の記述内容は、竹野一雄『C・S・ルイスの世界——永遠の知恵と美』第三章「ルイスと聖書」内の本邦未訳の「近代神学と聖書批評」("Modern Theology and Biblical

Criticism,” 1959）、Walter Hooper ed., *Christian Reflections*（W. B. Eerdmans, 1985）の一部分改訂版である。

3 “Mere Christians,” in *God in the Dock* ed.Wlter Hooper（Grand Rapids, Michigan: W. M. Eerdmans, 1970, p.336.

4 C・S・ルイス『キリスト教の精髄』柳生直行訳、新教出版社、一九八八年。七七頁。

5 C・S・ルイス『神と人間との対話』竹野一雄訳、新教出版社、一九七七年。一八九―一九一頁。

6 ‘Cross Examination,’ in *God in the Dock*, p. 260-

7 Ibid., pp. 264-5.

8 『キリスト教の精髄』、九五―九六頁。

9 ‘Cross Examination,’ in *God in the Dock*, pp. 261-2.-

10 C・S・ルイス『詩篇を考える』西村徹訳、新教出版社、一九七六年。七―八頁。

11 本節の記述中の（ ）内の数字は“Modern Theology and Biblical Criticism,”の頁である。

12 ジェイムズ・バー『ファンダメンタリズム』喜田川・他訳、ヨルダン社、一九八二年。二七頁。

13 C. S. Lewis: *Christian Reflections*, p.163.

14 C・S・ルイス『痛みの問題』中村妙子訳、新教出版社、一九八七年。九五―九六頁。

15 『キリスト教の精髄』、一九六頁。

16 John D. Haigh, *The Fiction of C. S. Lewis*（Dissertation, University of Leeds, 1962）, p.82.

17 C・S・ルイス『悪魔の手紙―付・乾杯の辞』中村妙子訳、『C・S・ルイス著作集』第一巻、すぐ書房、一九九六年。四一四頁。

18 この箇所は、竹野一雄『C・S・ルイス　歓びの扉――信仰と想像力の文学世界』、岩波書店、二〇一二年、一四四－一四五頁に依拠。

19 *Letters: C.S. Lewis & Don Giovanni Calabria* translated & ed. by Martin Moynihan（London: Collins, 1989）, pp.89-91.

20 C.S. Lewis, *The Great Divorce*（Glasgow, Collins, 1977）, pp. 66-67.

21 『キリスト教の精髄』、三一二―三一三頁。

結語

これまで見てきたように、ルイスの神学的・倫理学的著作に見て取れるキリスト教の教義に関する言説においては、特段に目新しい点を見出すことはできない。しかしながら、彼の著作が多くの読者に読まれてきた最たる理由としては、彼がキリスト教の生ける、具象的な、威厳ある、愛の神を伝えるために、厳密な論理的思考と豊かな想像力の結合を基盤として、当意即妙の直喩や隠喩、見事な類比、興趣に富む逆説を盛り込んだ流麗かつ明快な文体を駆使しているからである。ロバート・ライリーはルイスの文体について「我々は知識の文学を扱っているのではなく、力の文学を扱っていると述べている。[1]さらに、ルイス自身は自分の主要な課題は、文化の売人の中での解毒剤としてのみならず――キリスト教の教義を――学問的素養のない人々が耳を傾けて理解できる言葉への、日常語への「翻訳者」と認識しているのである。[2]この認識とともに彼の明快な文体をもってルイスはキリスト教弁証家として、信仰を失いかけている世界に警鐘をならすべく文化の売人たちの中に身を投じ、「文化の解毒剤」としての役割を剛毅に担い、有意義な貢献をしたと言えると筆者は推察している。

第一に言えることとして、ルイスは二〇世紀の多くの人々にキリスト教が私たちの持っているすべての知識を統合する鍵であることを納得させたのではないか。すべての知識が権威、理性、経験またはこれら三つのさまざまな結合にもとづくとすれば、キリスト教はそのいずれにも揺らぐことのない基盤を与えることができることを彼は厳密な論理的思考と同時に豊かな想像力を駆使して示そうとしたのである。

第二に言えることとして、ルイスはキリスト教の教義が含み持つ力を回復することにより、私たちの霊的経験の領域の拡大ならびに日常生活における私たちの行為の重大な意義をも回復しようと試みたと思われる。キリスト教の教義をいわば日常語に翻訳することによって、彼は懐疑論者への使徒のみならず非キリスト教徒への使徒ともなったのである。この意味で、ルイスは二〇世紀のキリスト教世界におけるキリストの偉大な使徒の一人と呼ぶに値するであろう。

第三に、ルイスはキリスト教神学を面白く読めるものにしてみせたと思う。ある意味で、ルイスは優れたエンタテイナーである。ヘレン・ガードナーはルイスに関する伝記的素描[3]で「〈スペンサーを読むことは精神的健康を育むことである〉というように〈精神的健康〉と〈正気〉の不断の強調がルイスの著作全体を貫いている」と述べているが、このガードナーの明察をルイス自身に当てはめて、ルイスを読むことは精神的健康を育むことであると言い得るのは、彼の著作が「〈真面目〉と〈遊び〉の心地よい、洗練された混在」に満ちているからである。

最後に言えることとして、キリスト教の超自然的要素の積極的な弁証の試みがあげられると思う。なによりも、ルイスは筋金入りの超自然主義者である。とりわけ奇跡の議論において、彼は奇跡というものをその可能性について問う人々にとってはもとより自然主義や汎神論の信奉者にとっても問題点を明快に提示することに成功したと言っても過言ではないであろう。一方で、ルイスは自然主義に反駁し、理性と良心は自然の副産物ではなく超自然界からの侵入者であると主張する。他方、彼は汎神論、理神論、二元論を拒絶し、神は非人格的でも、広く行き渡った霊でも、相対的善でもなく、自然の創造者、至高善、被造物を超越していると同時に創造世界全体に内在する存在であることを論証する。さらにルイスは受肉の教義に重点を置くことで、神自身が人間の歴史の中へ到来し歴史の進路を決定的に変化させたと主張する。受肉の教義に関するかぎり、ルイスの主要な関心は神話が事実になったという概念であり、それを彼は詩的にかつ知的に証明しようとしている。壮大なる奇跡、すなわち受肉が真実であるならば、自然の主であるキリストが奇跡を行ない得ることを否定することは賢明ではないとルイスは考える。彼によれば、キリストの奇跡はこの世界における超越的な神の絶えざる活動についての真実の愛の徴である。キリストの昇天と変貌に関するルイスの強調は、贖われた人間と再創造された自然が完全に成就する天国に主として焦点がさだめられている。というのも、ルイスにとって、天国は心の状態ではなく確固たる実在そのものであり、奇跡は〈変容した世界の予表〉[4]であると考えたからである。ルイスは奇跡と受肉、昇天と天国のみならず、創造と堕落、復活と再臨を信じた無類の超自然主義者であった。C・S・ルイスは、伝統的なキリスト教の教義と聖書そのものに対してだけでなく、究極的には神の永遠の言葉であるキリスト・イエスに対する関心を多くの人々のうちに回復させること、あるいは呼び起こすことに向かって勇敢に生き抜いた二〇世紀の偉大なキリスト教弁証家でもあったのである。

1 Robert J. Reilly: *A Study of Owen Barfield, C. S. Lewis, Charles Williams, and J. R. R. Tolkien* (Lindisfarne Books, 2006). ライリーは、本書C. S. Lewis and the Baptism of the Imagination (Chapter 3) で、文体についてNewmanの見解を引き合いに出したパラグラフの最後に、C・S・ルイス、チャールズ・ウィリアムズ、J・R・R・トルキーンの三人について「我々は知識の文学ではなく力の文学」を扱っていると述べている。

2 C. S. Lewis, *God in the Dock*: Essays on Theology and Ethics. Edited, with a Preface, by Walter Hooper. Grand Rapids: Wm. B. Eerdmans, 1970). p.183.

3 Helen Gardner, "Clive Staples Lewis, 1898-1963" (from the proceedings of the British Academy, Vol. LI. London: Oxford University Press), p.417.

4 Chad Walsh, *The Literary Legacy of C. S. Lewis* (London: Sheldon Press, 1979, p.217).

あとがき

本書は二〇一三年春から二〇一六年春にかけて『キリスト教文化』（かんよう出版）に「C・S・ルイスの遺産」と題して連載した七つの論攷を中心に据え、その他、自著『想像力の巨匠たち』（彩流社、二〇〇三年）に所収の二つの論攷、さらにもう一つの論考を合わせて、キリスト教弁証家（キリスト教を非難攻撃する見解に対し、キリスト教の真理を擁護する弁論家）としてのルイスの実相を読者に提示しようとするものです。

本書は、目次に見られるとおり、序、全十章（第一章〜第十章）、結語、あとがきから成り、十章全体は伝統的神学の枠組みに似通った構成となっています。その点で、本書は自著『C・S・ルイスの世界―永遠の知恵と美』（彩流社、一九九二年）の構成を半ば踏襲していますが、この既刊のルイス論の内容を大幅に改稿したものとなっています。

さて、私は数年前に上梓した自著『C・S・ルイス　歓びの扉――信仰と想像力の文学世界』（岩波書店、二〇一二年）においてルイスの文学的遺産についての探究の成果を発表し、私にとっての二つの課題のうちの一つをひとまず完了しましたが、もう一つの課題として残っていたのはルイスのキリスト教弁証家としての遺産の提示です。このたび幸いなことに、本書の出版により、キリスト教弁証家としてのルイスの遺産について不十分ながらも集約整理する機会が与えられましたので、本書を読んでいただくことでルイスがどのような発言をし、キリスト教徒として世俗の文化の解毒剤としての働きを果敢に果たそうとしてきたことがある程度は明らかになるのではないかと願っているところです。

ところで、我が国においては『ナルニア国年代記物語』はもとより、想像力を駆使したルイスの作品研究に比して、キリスト教弁証家としてのルイスの研究はいまだ探究が十分になされていないのが実情であると思います。

この理由はいろいろと考えられますが、キリスト教弁証家としてのルイス研究は必要であると私は考えています。なぜなら、この領域の研究の深化進展があってこそ、物語作家としてのルイスの文学の核心を捉えることができるのではないかと常々考えて来たからです。『天路逆程』のランド・ロード、宇宙三部作のマレルディル、『悪魔の手紙』の敵、『ナルニア国年代記物語』のアスラン、『顔を持つまで』の灰色の山の神など、ルイスの別世界物語には聖書の神が異称の名において息づいており、これら個々の作品を解読するにはルイスが受容し喧伝した〈まじりけのないキリスト教〉(Mere Christianity)の理解が必要不可欠であると考えられるからです。そのためにも本書が役立つことになれば誠に幸いです。なお、本書には重要事項の強調のために反復記述があり、ところどころ既訳を用いず私訳を使用したために同一原書の邦訳と原書そのままの混在があることをご了承いただきたいと願います。

本書の刊行に際しては、あらゆる面で、かんよう出版代表の松山献氏にたいへんお世話になりました。松山氏のご厚情に心より感謝申しあげる次第です。

二〇一七年三月六日　　学生たちとの良き日々を感謝して

竹野一雄

初出一覧

序　竹野一雄編『C・S・ルイスの贈り物』（かんよう出版、二〇一三年）に所収の「C・S・ルイスの記念碑」を一部書き改めたもの。

第一章『キリスト教文化』創刊号（かんよう出版、二〇一三年）に所収の「C・S・ルイスの遺産（一）『キリスト教と文化』詳解」を一部書き改めたもの。

第二章『キリスト教文化』二号（かんよう出版、二〇一三年）に所収の「C・S・ルイスの遺産（二）信仰論I」を一部書き改めたもの。

第三章『キリスト教文化』三号（かんよう出版、二〇一四年）に所収の「C・S・ルイスの遺産（三）信仰論II【神の存在証明】」を一部書き改めたもの。

第四章『日本大学大学院総合社会情報研究科紀要』（二〇一一年）に所収の「キリスト教弁証家としてのC・S・ルイス――〈まじりけのないキリスト教〉VS.異なる諸見解」を一部書き改めたもの。

第五章『キリスト教文化』四号（かんよう出版、二〇一四年）に所収の「C・S・ルイスの遺産（四）ルイスの聖書観」を一部書き改めたもの。

第六章『キリスト教文化』五号（かんよう出版、二〇一五年）に所収の「C・S・ルイスの遺産（五）神の属性」を一部書き改めたもの。

第七章『キリスト教文化』六号（かんよう出版、二〇一五年）に所収の「C・S・ルイスの遺産（六）『奇跡論』詳解」を一部書き改めたもの。

第八章　竹野一雄『想像力の巨匠たち』（彩流社、二〇〇三年）に所収の「C・S・ルイスに見る再臨の教義」

を一部改め再録したもの。

第九章『想像力の巨匠たち』（彩流社、二〇〇三年）に所収の「C・S・ルイスに見る地獄」を一部改め再録したもの。

第十章『キリスト教文化』七号（かんよう出版、二〇一六年）に所収の「C・S・ルイスの遺産（七）キリスト教界内のルイスの批判対象」ならびに聖学院大学研究所紀要第四四号に所収の「キリスト教弁証家としてのC・S・ルイス」を合わせたもの。

〈著者紹介〉
竹野一雄（たけの・かずお）
1946年生まれ。青山学院大学大学院文学研究科英米文学専攻博士課程単位修得満期退学。博士（文学）（青山学院大学）。Wheaton College 大学院神学研究科にて研究（1982～1983）女子聖学院短期大学教授、恵泉女学園大学教授を経て、日本大学大学院総合社会情報研究科教授、現在、同大学院講師。
主な著書として『C.S. ルイス「ナルニア国年代 記」読本』（共編著、国研出版）、『C.S. ルイスの世界―永遠の知恵と美』（彩流社）、『想像力の巨匠たち』（彩流社）、『グレアム・グリーン文学事典』（共著、彩流社）、『C.S. ルイス 歓びの扉 信仰と想像力の文学世界』（岩波書店）、『C.S. ルイスの贈り物』（編著、かんよう出版）など。主な訳書として、C.S. ルイス『神と人間との対話』（新教出版社）、ラルフ・C. ウッド『トールキンによる福音書』（日本キリスト教団出版局）、ウォルター・フーパー『C.S. ルイス文学案内事典』（共訳、彩流社）など。

キリスト教弁証家 C.S. ルイスの遺産

2017年3月12日　初版第1刷発行

著　者　竹野一雄
発行者　松山　献
発行所　合同会社　かんよう出版
〒550-0002　大阪市西区江戸堀2-1-1 江戸堀センタービル9階
電話 06-6225-1117　FAX 06-6225-1118
http://kanyoushuppan.com　info@kanyoushuppan.com
装　幀　堀木一男
印刷・製本　有限会社 オフィス泰

ISBN978-4-906902-85-9　C0098　　Printed in Japan

事項索引

作品の登場人物などを含む。

あ

い

う

え

お

か

て

と

な

に

ぬ

ね

は

ひ

ふ

へ

ほ

ま

み

む

め

も

ゆ

よ

ら

り

れ

人名索引

C．S．ルイスは除く。

の

は

ひ

ふ

へ

ほ

ま

み

む

め

も

や

よ

ら

る

ろ

わ

聖句索引

引用聖句は、日本聖書協会「『聖書』新共同訳」に拠る。（　）内は略記。

旧約聖書

出エジプト記（出）

詩編（詩）

新約聖書

マタイによる福音書（マタ）

マルコによる福音書（マコ）

ルカによる福音書（ルカ）

ヨハネによる福音書（ヨハ）

使徒言行録（使）

ローマの信徒への手紙（ロマ）

コリントの信徒への手紙一（一コリ）